总第 26 卷

2020 年 春季号

诗建设

主编 泉子

长江出版传媒
长江文艺出版社

詩建设 NO.26

目录

向京作品
《凡人——无限柱 Mortals—Endless Tower》
玻璃钢着色 Fiberglass, painted
465cm×120cm×120cm
2011

开 卷
Decoil

诗建设

赵野

赵野，当代诗人，1964年出生于四川兴文古宋，毕业于四川大学外文系。出版有诗集《逝者如斯》（作家出版社，2003）、德中双语诗集《归园Zuruck in die Garten》（Edition Thanhauser, Austry，2012）、《信赖祖先的思想和语言——赵野诗选》（长江文艺出版社，武汉，2017）。现居大理和北京。

赵野

在大理

放眼望去几道山林
树木葱郁，有古老的善意
云在山腰飘过
一只鸟逐云而去
我的目光随鸟飞走
万物皆知我的心思
天空清澈如先秦诸子
流淌出词语，一派光明

2014

天命之诗

春天，忽然想写一首诗
就像池塘生青草
杨树和柳树的飞絮
打开没有选择的记忆

鱼搅动池水，鸟搅动风
蜜蜂固执盘旋眼前
一生辜负的人与事
我必须说出我的亏欠

然则秦朝的一片月光

或宋朝的一个亡灵
也许在今天不期而来
它们都有我的地址

它们让我觉得这个世界
还值得信赖，此刻
阳光抵过万卷书
往昔已去，来日风生水起

2014

徽杭古道致王君

一

细雨沾衣欲湿，杏花风吹来
一片天，纷乱叙事如山瀑飞泻

断崖仿佛一个经典文本
涂满苔藓、咒语、汴梁和盐

往来的马匹看尽云霞明灭
万物皆知此心的动静

飞鸟明了隐喻，向西迁徙
耀缘师留下，冥想时间履迹

二

冷杉与杜鹃偕朝代生长
成就一个诗人，山河必定泣血

写作要内化一种背景
像这石径，每一步都是深渊

要点燃千年的冰，让杭州和徽州
弥漫宋朝暖意，好比此时

身体下起雪，一个字母击碎虚空
我们谈到传统，狮子洞大放光明

2017

兰亭

一

是日天朗气清，惠声和畅
万物现出各自的玄机

春风又写下一篇好辞
每一处动静皆含新意

人世辽阔，古今都成背景
永恒需依托一种形式

比如美学或者追忆
我端高酒杯，忧伤突然泛起

二

我们终究会消散啊，明月
照百川，也要留痕迹

生死是一个无解卦象
天地四时自有消息

丝管奔赴盛筵，流水修远
过去和未来就此改变

鹤群飞过，千年犹余回响
会稽到长安，汴梁到大理

2019

赤壁

一

此刻，群鸟翻飞只为一个词
高音婉转，撩起千年幽思

黄昏深几许，吐纳白昼灰烬
成反转的象，御另一种法度

彼时月朗星稀，乌鹊无枝可依
一场火烧沸十二月的江水

我看到众生听不见的哭声
心物老矣，举头三尺有神明

二

他衣袖飘飘，乘波涛翩翩而来
烟云屏息敛气，等待花开

王朝建立又坍塌，这小传统
让长江夜夜淌最强万古愁

时间已湮灭一切，留一份空
打磨虚无，或深情的金刚杵

天上没胜负，都是渔樵闲话
人世的模仿者也要借东风

2019

宋瓷颂

一

起初，是一阵风，吹过水面
自然的纹理，激荡空无的远
再返回，大地上最初的色彩
与形状被唤醒，袅袅烟岚中
哲学和诗歌开始了轻盈统治
山河跃跃欲试，言辞闪着光
涌向汴梁，一个未知的时代
要发明新风尚，把一切打开
帝国尚跨蹋，不经意间，美
已到边界，建立起最高法则

二

他梦到一种颜色，雨过天青
来世灼灼光芒，点燃龙涎香

芬郁满城，二十只瑞鹤降临
白云悠悠啊，我清瘦的笔触
似金箔，只描绘不朽的行迹
火光烛空明，夜，人不能寝
词与物合，桃花薄冰中绽开
又萎顿一地，我要活出绝对
苍天可鉴，凤凰非梧桐不栖
一旦赢了美，江山何妨输尽

三

在静默中求声音，如在黑里
找寻白，泥土有自己的念想
混合着夜的褶皱，炼金士的
纤纤素手，梳理着白昼疯狂
向往赤子的清澈，诸象渐渐
消失，成为色与空的教科书
看，天理在兹，而尘欲高蹈
岩石的激情静水流深，其实
我们一生努力，不就是为了
极限处脱离形体，径入永恒

四

寂灭在寂灭之外，何染纤尘
世界，太多的喧嚣，一点冷
从地心穿过火焰，雪花纷纷
在身体洒落，携带六经话语
所以一片瓷，就是一个君子
磊磊若松下清风，惊鸿暗度
高古的旷野，万物一片圆融

幽兰轻轻在日落的山梁升起
我恍若隔世，返回永生之地
夜夜看月缺月盈，不悲不喜

五

这是文明的正午，一部青史
裂缝中漏出的光，改变过去
并昭示未来，天下素面相见
燕子飞出文字，元音把时间
熔铸进空间，成就终极之诗
樱桃涅槃，一法含有一切法
万法山林流云，因此一代代
在内心的尺度中，蓦然回首
美即自然，自然即美，风啊
早已在水上写下天启的颂辞

2018

苍山下（一）

日日

日日面对群山，我的抱负已星散
只关注生命本来的样子
清碧峰顶一朵云，像饿虎
扑过来，又闲挂在感通寺
自然有自己的游戏，人世亦然
这惬意不足以向外言说
此刻，树木欣欣长出新芽
我俨然听见了万壑松风

正午

正午的时光幽长慵倦
桂花树下适合读陶潜和王维
山岚悠悠啊，我们都爱这片虚无
以及虚无深处的一滴眼泪
此心光明，万物不再黯淡
草木坐领长风，一派欣然
众鸟返回树林过自己的生活
我向天追索云烟的语言

如何

如何赞美山林的静默
以及燕子的飞翔，当下是问题
我要格物出花，在它们之间
找到更深刻的义理
阿多诺说，没有任何抒情诗
可以面对这个物化的世界
阵阵好风吹过，我还是
感到了一种顽强的诗意

樱花

樱花璀璨，我的心智
每一秒都被混乱席卷
每片花瓣上都有一次人生
彰显什么是无常与真实
我已到知晓天命的年纪
无边花海里燕子翻飞
伟大的密勒日巴尊者说过
他的宗教是生死无悔

大风

大风吹乱苍山的云
吹乱红尘的白发，往世的微茫
夏虫吐纳长天，要我们内视
在空里把自己活成山水
半世狼突，生死都是盛宴
觥筹交错间有人高唱
"我们每刻都正在死啊"
樱花满树碧玉，随风摇曳

连夕

连夕风雨后，苍山青翠欲滴
溪谷飘着八世纪的烟岚
天上的人儿，随山灵游走
每处履迹都有我的乡愁
几只鸟在深涧长鸣
应和一个传统，到春到秋
时代不断错过，我乘云而起
最后清点这大好山河

秦王

秦王的剑气已到易水
要先于刺客把历史改动
咸阳吹起阵阵北风
最坏的可能总选择我们
一朵云飘来，先知般疾呼
是时候了，何不乘桴浮于海
昔日帆影还在么，我喟喟向天
苍山上响起八章哀歌

夜 雨

夜雨打在屋檐上
像悲伤的杜鹃叫醒记忆
岁月凶残，死亡以加速度来临
又以加速度被忘记
我有一个抱负，隐秘而慵倦
却如归程遥遥无期
我们已经历那么多，还会更多
直到一切都化为灰烬

为 了

为了此地创造一处彼地
为了现在发明过去
苍山十九峰，每座山头上
坐着一个苍雪，日日看云起落
"水就是空行母"，尊者说
那么，风也是，我这样想
心仪的旧友啊，此刻多愿你
化作一场雨，淅淅落下

子 夜

子夜醒来，天空清澈如水
龙溪发出好听的声响
丹桂又长出几片新叶
扶桑花开着，仿佛夏季来信
一只鸟栖息在树梢
另外一只，振翅欲飞离
真是喜悦啊，平常的一个日子
我竟见秦时明月汉时空山

我写

我写恒常的诗，如水流淌
元音弹响，直抵生命的本质
月亮是最初的月亮
所有的路径都通向死亡
这个世界太多复杂的智识
其实不过文明的惩罚
我写谦卑的诗，山一样静默
万物皆有定数，包括悲伤

苍山

苍山光芒万丈，云层下
飞瀑一样的光里飘满文字
山谷幽深明亮
犹如一份终结的答案
我的前生在空中一一浮现
袅袅烟岚中万花盛开
我已不想再在路上，我要说
真美啊，时间，停下来吧

2017

注："每一秒都被混乱席卷"语出索甲；"为了现在发明过去"语出王德威；"万物皆有定数，包括悲伤"语出布罗茨基；"真美啊，时间，停下来吧"语出《浮士德》。

苍山下 （二）

独自

独自凝视苍山，好多词语
浮现如陌生真理
生命不过一个比喻
我们一代代，徒劳报废自己
天空空无一物，大地上
奔腾着粗鄙的现代性
这些我都毫无关系，我原是
存活在前朝的镜像里

黄昏

黄昏苍山让人心醉
我的人生开始做减法
这地老天荒的算术使结局
越来越清晰，年岁浩荡流逝
我们正在经历的每一天
其实就是最好的日子
我们什么也不能战胜，却总会
在同一条河流淹死两次

雨水

雨水让我更能认识自己
看清世界稳定的真相
无为寺阵阵晚钟
多年的低烧渐渐痊愈
远处烟岚像发亮的灵魂
往另一座峰顶飘去

记忆凋零，我心若生铁
誓要与苍山共老

秋 风

秋风扑面，带着种族幽怨
所有吟咏者已绝尘而去
那些高蹈姿态，原是
滋生在无边血腥里
我面对的整个历史犹如镜子
照得苍山一片寒冷
落叶纷飞，闪耀末世的光
赋予诗和美新的合法性

今 日

今日大雪，苍山没有节气
像一个词根，依于仁
马松在帝都写诗，说爱无畏
北方的悲伤有了温度
要创造另一种存在形式
不屑与时代产生瓜葛
这世界还会好吗，每天那么多
坏消息，羞辱明月清风

不 可
　　—— 致耀缘师

不可诅咒绽放的花朵
觉受是一个幻象，随生随灭
开阔的智慧生长于山林
石头如修行，欢喜也是正义

我们正渡过血泪的海洋
马匹在手掌上踏破西风
时间沦陷时一念升起
万物互连，刹那里返回

我 们

我们就是文明的灰烬
燕子空衔飞扬的六经
十里苍山路，十里亡灵
满脸惊愕，泪眼泯灭古今
一种德性生出一种现实
一个地址必有一次约定
天意幽冥，凄凉之雾升起
紧锁这块被诅咒的土地

想 象

想象一种传统，春日
天朗气清，我们几个
吟风，折柳，踏青草放歌
或者绕着溪水畅饮
我们会在冬天夜晚，依偎
红泥小火炉，看雪落下
此刻诗发生，只为知音而作
不染时代的喧嚣和机心

老 虎

老虎将死，最后的目光
沉进泥土化作琥珀
我摊开掌心，八方风云际会

人世又到了严重时刻
我们仍在艰难前行
每一座山峦都是火焰
一片苍茫中，我立地成佛
将自身移入他人与万物

历 史

历史已然中断，怎么能确定
过去和现在的价值
一页页发黄的旧书中
可会找到路径，由我穿行
汉语要召回飘远的游子
做个暗夜持灯人
他将见证一次次覆灭
为新的经验正名

我 以

我以秋天的心，说出
寺中之言，鸟兽岂可同群
如果诗不能证悟真理
六月苍山一片飞雪
又是新的一年，我满怀惊惧
浮云上漂浮的还是浮云
文脉断裂了，灵魂如何安顿
我们是热爱意义的人

苍 山

苍山苍凉如故。零度的
青山对应着一部青史

云烟重重，真相无法看清
任渔樵闲话把酒
我与天意订个契约
出入山水之间，俯仰成文
生命终要卸下重负
词语破碎处一切皆空

2018

注："欢喜也是正义"语出马松；"渡过血泪的海
洋"语出佛陀；"将自身移入他人与万物"语出李敬
泽；"我们是热爱意义的人"语出曼德尔斯塔姆。

诗人的远古形象和他的古宋山河

——赵野诗论

江雪

> 鹤鸣于九皋，声闻于野。
>
> ——诗经·小雅
>
> 孤云将野鹤，岂向人间住？
>
> ——[唐]刘长卿

　　如果有人问，2019年中国诗界谁较引人关注，我想说应该是赵野。赵野本是一位隐遁、低调三十余年的当代诗人，20世纪80年代初"第三代人"诗歌运动的发起者与践行者。赵野2019年5月荣获首届《诗收获》诗歌大奖，让他一夜之间从一个寂静、冷峻的游离状态中，进入另一个喧嚣的诗歌现场。《诗收获》诗歌大奖如此评价他："赵野自上个世纪八十年代至今以其写作的活力、有效性以及精神难度矗立于诗坛。包括《苍山下》《春望》《剩山》在内的近年创作，凸显了一个当代汉语诗人与本土诗学和现实境遇的深入互动与重构。赵野是游子，是故人，更是赤子，他从空间地方性和时代景观的深层动因出发以达成对传统和山河重塑的诗学抱负。赵野的诗是词与物的彼此唤醒，是个人化的现实想象力和求真意志以及精神载力在语言中的激活，是诗性正义和深度描写中创造的另一种存在形式，汉语的魅力和顽健的诗意是以阵痛的方式持续呈现。赵野做到了诗歌是语言真理，也是破空的万古愁。他的诗节制而丰赡，冷彻而刺骨，这是真实之诗也是命运之诗。词语的可能、深度的义理、精神张力以及存在的终极叩击为当代汉语诗歌提供了崭新的可能和精神启示。"很多年前，我曾在诗人赵野的简介中读到"出生于古宋"的字样，我一直充满好奇于"古宋"二字，如此悠远旷达的两个字，在诗人的简介中，究竟是一个时空概念，还是一个地理概念，而不得知。当我在赵野的自传式随笔《一些云烟、一些树》中读到"我出生在古宋，位于四川南部，现属于宜宾地区"，才知道"古宋"的的确确是诗人赵野的出生地。但是，当我们今天重新阅读诗人赵野的诗歌，诗人简介中出现的"出生于古宋"这一句，别具一番个体诗学的双重隐喻与预言意味。

　　赵野1964年出生于四川兴文县古宋镇。古宋，古代属禹贡梁洲南境，汉朝为健为郡，俱为蛮、僚民族居住地。唐代始置羁縻宋洲，宋代属江安、合江两县境地，元代至和十五年（公元1278年）招诱少数民族在今共乐境内设九姓罗氏党"蛮夷"长官司千户所，立夷民罗氏党九人为总把，属于永宁。古宋镇即兴文县县城所在地，亦是全县政治、经济、文化中心，县城距宜宾、泸州均为105千米，宜叙、宜威、泸古公路在此交会，素有"川南要冲、叙南门户"之美称。古宋镇还有甘洞、清泉洞等喀斯特溶洞和香水山、玉屏山、白塔山、求雨山等自然人文景观，也应算得上一个风景胜地。但是，赵野在十多年前（2008）的自传式随笔中这样描述他对"出生地"古宋的看法："那个地方没有给我留下什么印象，破败，杂乱，完全没有想象中的古朴和诗意。我自认为和它离得很远，从未深入到它的内部，感受它的节奏和纹理。我只是在那儿寄居了一段时间，多年以后我终于意识到，我其实是没有故乡的人，'乡愁'这个词对我而言，永远只有形而上的意义"：

　　　　屋檐不再飞翔
　　　　河流远离故道
　　　　二十年的踪迹
　　　　只有鸟和鱼知晓

　　　　半倾塌的土墙内
　　　　传来了亡灵的非议

"昔日白雪还在么"
　　星辰，露水，樱桃

　　　　——《还乡》（2008）

　　诗人明确地在随笔中说他是一个"没有故乡的人"，"乡愁"对他而言永远只具有形而上意义，可是诗人在2008年写下《还乡》一诗，不禁让我陷入诗人所言的"形而上"之中。赵野在诗中有一句引起我的阅读注意："二十年的踪迹/只有鸟和鱼知晓"。诗中言及的"二十年"应该是指1988年至2008年。在1984年，20岁的赵野就渴望找到个体诗歌精神存在的形式与意义，希望建构独立的诗歌语境与诗意栖居的方式。1988年初，赵野正式脱离体制内，至今一直生活在体制外。诗人在与重庆诗人王博的访谈中说道："因为不在体制内，我从事过很多工作，但感觉到对每一个圈子，其实都难以适应，稍稍深入一点时，就会感到厌恶，包括我本该属于诗歌圈。其实这就是生活和社会的本质，大家都在承受。边缘化对我来说，意味着对自我的保护或坚持，和对我不愿忍受的各种生活本质的逃避。"《还乡》对于诗人而言，具有双重隐喻的意义：地理上的"还乡"（古宋镇）与精神上的"还乡"（北宋美学）。地理上的故乡，已回不去了，诗人记忆中的屋檐不见了，河流不见了，而"半倾塌的土墙内/传来了亡灵的非议"；诗人的内心深处慨叹与追忆的则是昔日的"白雪"与"露水"、"星辰"与"樱桃"……那是多么纯净而美好的记忆共同体！

　　赵野是一个早慧的诗人，15岁开始写诗，17岁步入诗坛，20岁即已写出自己的代表作《老树》（1984）（此诗即已预示出诗人一生"浪游天下"的天性），而诗人自己认为他写于21岁的小长诗《河》是他严格意义上的处女作。赵野在大学时代，开始参与中国当代诗歌运动，并成为最初的策划人。然而，在进入当代诗歌史之后相当长的一段时间里，赵野选择了消隐，选择了自我放逐。赵野曾经如此谈及自己的诗学理想："北宋时期的生活，农业时代的美学趣味，现代诗融入古典传统。"正是赵野向后眺望、与古为徒的新古典主义诗学理想让我产生联想，让我思考赵野的故乡"古宋"与他所推崇的"北宋美学"之间隐秘的宿命与诗学传承，甚至它们之间产生了一种源于汉语意象的时空穿越与精神感应。这也是我认为《还乡》具有"地理还乡"/"精神还乡"双重喻意之所在。法国当代哲学家雅克·朗西埃在《文学的政治》一书中论及法国诗人马拉美时，谈到一个概念，即诗人的"远古形象"。在我看来，在当下的汉语诗歌语境中，应该把它衍生为诗学批评中的一个重要的诗学概念。毫无疑问，我从当代一些重要诗人的身上已经体察到了当代汉诗中"远古形象"。赵野作为当代汉语诗人中又一位典范的"远古形象"，在我心中已然生成："城墙上站满谪迁户／长空深阔幽幽，吾从宋"（摘自赵野长诗《剩山》第6节，2015）；"从宋"依然是一个双关语，诗人出生于古宋，从古宋走出，如今诗人经历了二十年的"浪游"与二十年的"漂泊"之后，回首眺望和追随沉浸于"山河"之中的宋代美学，重新建构他心中的美学愿景：

> 塔楼、树、弱音的太阳
> 构成一片霾中风景
> 鸟还在奋力飞着
> 亲人们翻检旧时物件
> 记忆弯曲，长长的隧道后
> 故国有另一个早晨
> 如果一切未走向毁灭，我想
> 我就要重塑传统和山河

——《霾中风景》（2016）

2016年冬天，北京重度雾霾，赵野写下短诗杰作《霾中风景》。此诗在不经意之间道出了诗人隐秘的诗学抱负，而赵野在诗学随笔《接续伟大的传统》（2015）中更加坦诚、深刻地言说他的诗学理想，此文值得详尽引述：

我认为一个当代汉语诗人能达到的高度和深度，取决于他对传统的认识、了悟和转化。传统不是道具和符号，而是精神气质，是我们对社会、自然、生命的态度，是我们面对虚无和死亡的方式。传统的当下转化，既是一种意识，更是一种能力。古代诗歌有自己坚实的形而上的诗意基础，有我们祖先全部的世界观和价值观，以及独特的美学范畴。

现代诗面临的问题是：一方面，我们传统的价值已全面崩溃，古典诗歌与世界的亲密关系已然解体，我们都面对着巨大的虚无，这是一个共同的现代性困境；另一方面，现代汉语是一种新的语言，这是我们和西方当代诗人不一样的处境。我们还未涉及天堂，未涉及地狱，只是纠缠在尘世里，也没有留下几个经典的文本。还有太多的经验没有处理，命名没有完成，命运没有呈现。只有百年历史的现代汉语还不成熟，因此有着巨大的可能性，对一个诗人而言，这是一种幸福。

新诗的现代性，首先是它的合法性，即它在当代世界与当下语境里的价值和意义。现代经验当然晦涩复杂，但诗歌并不需要必然地沉落其中。我选择了回归常识，古典、清澈、明晰的常识。我的诗学源自《易》的原则：变易，不易，简易。当下的破碎、纷繁及日日新，是为变易；诗歌的万古愁和天下忧亘古不变，是为不易；词与物素面相见，直抵人心，所有的经验和记忆直接唤醒，是为简易。波德莱尔的现代性，其实契合了变易和不易的法则。年轻时我追求变易，如今不易更合我心。

人过中年后的写作，绝对不是才华、激情或那些极端的感觉和观念的倾泻。一个写作者应该知道，他面对的是和他一样有智识的读者，他的写作必须具备客观、深刻和准确的品质，他还应该足够从容和平和，理解所有的心灵可以理解的人和事，从中发现一切困境的根源，洞悉那块土壤的质地，并尽可能找到现实中能够再生的原点。汉语是一种心灵的语言，一种诗的语言(辜鸿铭语)。中国诗歌曾经是我们这个文明最精粹的部分，唐人的一首绝句，20个字或28个字，就可以穿越古今，涵盖生死、人世、历史、山河和个人最隐秘的伤痛，都深切呈现出来。多年来，我一直在追求这样的精神气度和美学品质。

诗人赵野是这么说的，也是这么做的，因为他信赖"祖先的思想和语言"，并且学会"用沉默来证明自己的狂野"。赵野对现代汉诗的思考是深刻而内省的，他在随笔中谈及新诗的现代性困境及其合法性问题，包括他坚守的源于《周易》的诗学原则："变易，不易，简易"，我深表认同。赵野在上世纪八十年代初期的诗歌行为本质上所体现的现代诗歌精神，具有一种反叛意识，赵野和他的诗人朋友们结集创办《第三代人》诗刊，成立"大学生诗歌联合会"等，诗歌同道所共同具有的独立意识与诗人气质，整体地形成一种暧昧的"革命"激情与理想主义精神行为，导致赵野和他的诗歌兄弟们早年遭受过挫折，这种早期的诗歌人生与青春记忆，影响了赵野后来对汉语诗歌"现代性困境"的反思与个体诗学意识的觉醒。赵野早在八十年代中期就已开始有意识地寻求古典汉语诗学的复归之路，与他同时代的诗人均在当年各立"山头"，创立各种门派和主义，而唯独赵野是"四川诗群"中的例外，这个例外一直延续到今天，就像赵野自嘲地描述当年的自己，他像是"江湖里的孤魂野鬼，无门无派，无归无属"。无论如何，"第三代人"

这个诗歌史概念，是赵野和他的"同时代人"（阿甘本语）为当代汉语诗歌史作出的一个贡献，尽管提出这个概念之后，他随即消隐于现代性的汉语与山水之中。赵野的精神隐遁行为，不禁让我想起《诗经·小雅》中的名句："鹤鸣于九皋，声闻于野。"以此形容诗人赵野，实在是一种迥异于时代与同人的古典人生形象。1985年，是赵野诗歌写作历程中一个重要转折点，这一年赵野开始淡出集体诗歌活动，也是在这一年诗人写出早期代表作《阿兰》与《河》，而这两首作品已显露出诗人写作的重大变化。赵野在与王博的访谈录《对话：这个世界有让我痛心不已的东西》中谈道："早在三十年前，我就意识到我和中国古人在价值观、思维方式以及审美趣味上的完美契合。我迷恋汉语之美，深爱祖先的思想和语言，在精神和审美方面，是不可救药的保守派。另一方面，我一直奉行'出语自然、态度恳切'（叶芝）这样一种写作态度。"赵野尽管处于一种隐遁状态，但并不等于他放弃了诗歌写作，相反他一直在思考当代新诗与古典汉语之间的关系，一直在思寻新诗的未来。自新世纪以来，从2000年至2015年间，赵野先后写出了《往日》《中年写作》《乡愁》《赞美落日》等个人代表作品，尤其是《雪夜访戴》《归园》《春望》《江南》《广陵散》和《剩山》更加清晰地让我们洞察出赵野精心构建的具有新古典主义倾向的个体诗学面貌："万古愁破空而来/带着八世纪的回响/春天在高音区铺展/流水直见性命//帝国黄昏如缎/满纸烟云老去/山河入梦，亡灵苏醒/欲破历史的迷魂阵"（摘自《春望》），"亡灵布满开花的树木/江山寥落，曾经万里如虎""时代与我谁会先沉沦/谁在长歌当哭，煮鹤焚琴"（摘自《江南》），"这次人鬼同途，琴心合一/让群峰皆响，云穷水遥"（摘自《广陵散》），"那是我梦寐的清明厚土/日月山川仿佛醇酒/君子知耻，花开在节气/玄学被放逐，另一种气候/湿润，明朗，带转世之美/素颜的知识成为人间法/松风传来击壤歌，噫吁嚱/桃花流水悠悠，吾从周"（摘自《剩山》）……阅读这些穿越古今的诗句，我们可以想见赵野的琴心剑胆，独立而执拗的诗学探求，在近三五年间的诗作中表现得更加淋漓尽致，尤其是组诗《苍山下》：

> 苍山令人苍老。那么多
> 劫数流过，天道不增不减
> 一个种族率兽相食
> 善恶如水，皆为风景
> 莫名的悲痛无从拣择
> 进退都是一片汪洋

自打蒙古人革囊渡江
　　我们被辜负了十个世纪

　　——摘自《苍山下》之三（2018）

　　从《河》到《剩山》，从《江南》到《苍山下》，我们的阅读中诞生出另一个横空出世的赵野，一个鹤鸣九皋的诗人，一个背负汉语灵魂的诗人。赵野的诗歌时常充满着对尘世的嗟叹与宽怀，他的诗歌古风气息浓厚，郁积而哀鸣，狂啸而浪荡，怀古而思幽，寂静而致远，他一直在努力寻找与构建一种与古典汉语的句式、语调、节奏和气息相契合的简洁自然而意味无穷的现代汉诗，包括诗歌中所呈现的汉文明的精神气度与思想向度。因而一些古代诗人杜甫、陶潜、李煜、阮籍、王维等，成了赵野心中古典诗意的典范参照，而来自外国的诗人博尔赫斯、曼德尔斯塔姆、阿赫玛托娃、里尔克、艾略特等，让他在汉语文明的基础上理性融合西方文明的现代性。当我们把特立独行的诗人赵野置身于当代汉语诗界来观察他的诗与人，赵野更像是一位坚守汉语道统的"诗歌遗民"，他的心中一直潜隐着一种使命般的"招魂意识"。我注意到赵野的诗作中频繁出现"河""山""河流""山水""山河"等词，我继而发现诗人仿佛在潜意识中，已将心中曾经落寞的家乡小镇古宋的山水经验与乡愁意识在自己的诗歌中演绎为理想中的宋代美学与北宋山河；化陆九渊句即可为"山河即吾心，吾心即山河"，赵野即是一位内心在不断滋长"山河意识"的当代诗人，而杜甫即是赵野最热爱的具有"山河意识"的古代先贤，杜甫一生创作了大量的山河诗篇。赵野早期的《河》即道出了自己对河流的热爱，对河流有着天然的契合感，看到河流心中就会生发"亲切、宁静、宽怀、悠远与无限的柔情"（赵野语）。《剩山》是赵野近年创作的重要作品，它让我想起清代孙雨林在戏剧《皖江血·定计》中所写的："收回那十八省剩山残水，洗尽这二百年藏污纳垢。"而用钱锺书的名句"江南劫后无堪画，一片伤心写剩山"来形容赵野的《剩山》所表达的奥义，再好不过。赵野近年来持续创作的长篇组诗《苍山下》系列，引经据典，出古入今，伤怀忧世，精彩斐然。在我看来，《苍山下》即是诗人向他内心热爱的诗人和先贤致敬的重要诗篇，也是全面呈现具有"山河意识"的新古典诗学诗篇：

　　苍山苍凉如故。零度的
　　青山对应着一部青史

云烟重重，真相无法看清
任渔樵闲话把酒
我与天意订个契约
出入山水之间，俯仰成文
生命终要卸下重负
词语破碎处一切皆空

——摘自《苍山下》之二（2018）

长篇组诗《苍山下》无疑是赵野目前最为重要的作品之一，每首同题组诗由12节小诗构成，每节小诗有一个题目，均为一个具有人文意蕴与古典气息的名词，每节小诗又均为八行，这很容易让我们想到古诗中的"五律"和"七律"。"十二/12"在传统文化中是一个十分重要的具有唯美倾向的数学概念，比如十二生肖、十二时辰、十二月、十二轮回、十二地支等，赵野在《苍山下》运用这一数字概念，其实与他个体诗学中整体的新古典美学，有一定关系。组诗结构严谨，气势恢宏，粗朴悠远，且具有一种较强的古风韵律；这种复构的诗歌抒写方式，呈现出浓郁的古典修辞效果，一咏三叹，节律十二拍，可谓另一种新古典风格的"风雅颂"典范，甚至我仿佛窥见诗人渴望写出理想中的具有"晚期风格"（阿多诺语）的大诗。在我看来，今天的赵野依然是一个具有唯美倾向和古典气质的理想主义者，同时也是一个诗学层面的"保守派"（拉塞尔·柯克语）。时至今天的21世纪，依然勇于持守理想主义与保守主义的诗人，是我们赖以慰藉和尊敬的抒情诗人，他们是另类的"同时代人"（阿甘本语）。以赵野等为代表的"第三代诗人"，尽管经历了非凡的诗歌运动与时代精神的洗礼，那只是过眼云烟，诗歌的永恒信念促使我们不断向后眺望，眺望山河，与古为徒，向久远的春秋时代致敬，向魏晋唐宋致敬，向伟大的先贤们致敬，成为一位具有"远古形象"的诗人，这应是诗人赵野潜隐的诗学理想。最后，我想请喜欢赵野的人记住：

诗人赵野，生于古宋。

2019年7月22日，牧羊湖。

向京作品

《一百个人演奏你？还是一个人？ Are A Hundred Playing You Or Only One》

玻璃钢着色 Fiberglass, painted

140cm×80cm×80cm

130cm×50cm×65cm

140cm×54cm×70cm

135cm×46cm×75cm

130cm×65cm×75cm

130cm×50cm×115cm

80cm×54cm×30cm

2007

诗建设

诗 选

Selected Poems

九月

金色麦浪向灰色天宇倾斜
迎我前来的窗已经在吸

某一个下午就这样回来了
镜子，已提前流泪

过往，已如数流进了它
且停留在这样的诉说里：

母亲，你的墓地已如一匹斑马入睡
怎样召唤，马头也不再抬起

1996

从飞翔的五谷地带

田野铺展着，如放倒的壁画
农妇高大，麦穗低垂
不可与马比美

词语的光芒来自打麦场
朝光阴绿色的喇叭敞开
我们记忆中的土地收获了

田野的气息仍在袭击你
马的忧郁就是人世代的忧郁
你找到了沃土，也就找到了读者

这歌唱式的光辉曾经降下
云朵后面广大的父母群
已集中了苦难——那整块的光芒

从磁极——麦田的那一极
一些遥远的脸已在重合，全是亲人
在有石榴投影的光辉场院，歌颂吧

2004

穿行阅读

没有可问的，不问可答的
按住字，我们就看不见你

什么还未到来
不再来自光之剩余

什么留给什么
总是在提醒天亮

什么已经走到前头去了
黑，全黑，不会再留任何阴影

能回答的都算不上问题
什么已经透过去了

我们看不见你，就划向你

2014

摘下千禧年的花冠

与风说叶子
只去歌里说：放走时间
它不是来者

从来自词丛的一跃
心长到了外头
与从未到来的说话

那个什么穿透过来
从无声的那边，应它应许的：
抓住必须放走的

来吧，你还有手
来吧，我也来

2014

我从你的梦往外看

我是你梦中的一片叶子
就能听到花内传出的枪声

在多重羽毛中打扮自己
你的心已藏着另一颗心

于是叶子也藏起来
在无梦的水平上

我搂着花，我是它的次日

2015

读果实内部的篇章

但只品尝记忆，叶子爱叶子
那点爱给了你

叶子的解释者
爱你的歌，但他们不唱

是催动花朵开放的静
让词语悬浮

请尊重果实，静
从未把自身当神

果壳下，歌声震耳欲聋

2015

心与心之间，大河汹涌

我们没有因此而接近
只是变得更加相似

用彼此的缺少
换来相互的多余

怀抱着我们所不要的
心要的是心，不肯给予的心

诚实不是肉做的
你就是你的心

你是，然后你不是
你就是你的嘴

更坏的说更多的

对话，应当只是无言

独白，才是歌唱
没有应和，就没有独白

2016

制作一幅画

开端是隐晦的，因不知其丰富
被迫跟随手，因不知心之所要
在手的牵引中，没有目标
也许就是心对物的忠实

石头森林广阔，没有隐藏
也没有什么在深层被扣留
一如醒来后又再次入睡
一幅画已在这里

创造，是无中生有的行动

2017

对着无法停下的一切

你观看，但闭着眼
你张开眼，世界就消逝

在足够处，无知来自已知
在用尽处，过去遗忘现在

遗忘是致敬
你开始听清自己的声音

你的眼重又返回石像

2017

想要说

想要说：说出
说出来吧

说出它来吧
说最短的

说词
说出这个词

——草
草是无言的中心

呵，又一季

2017

此梦无缝

此地无景，此刻
尚未被纳入
时间曾怎样繁茂
钱，曾是怎样广袤的草原

2017

从你带来的这块田野

理由没有限制一物
某些话语，在金子碎裂后听到
没有第二次

爆发处，就是终止处
顶点，就是离去

没有下一次

无法停留，已是离开
一直在离，已是出发
从每一次

无求是死亡之剩余
创造出自身的边缘
只有一次

或只有一生

2017

不 知 献 给 谁

我年轻的大理石
你的身影蜡烛般宁静

你的床在天上流血
因无法接受这给予

邀请我们每一个
邀请你自己

　　　　回到策兰

2018

词 语 磁 场

词语磁场由内在的心丈量，为无边说无
眼看到了心——本身是无
在无语的尽头，有存在于无
一个谜，从不说话，只说你想说的

一个总体故事的说者哑了
你的孤独，就是你能听见
写出这空白，已是合写

歌唱疼——那有形的灵，它不识美，它合并真
保留残缺，藏在说出中，等无声跟上
保留未完成，为它持灯
沉默乃词语之家，不会让位于音乐与田野
诗歌无时，告诉严肃的尘埃——时与无时
在不变的玄机中，让预感留着
一如梦折射了梦——那极品时光
虚无是堡垒，但沉默能管住风暴
让天空在纸上镇定下来

纸上有更高的存在

没有词语，只有供词
而供词处处皆是

别在碑林里享用沉寂
向不存在敞开，潜入它，它突破了你

等级说不出这统治——这对位的强权
这是光的邀请，这是暴乱的统一

从星辰，这最高的墓地，我们联接着
在一个待孕的星球，尘土不会归于尘土

从物——额的反光，数字写出文字
而顶峰不会说：向前

词拥抱着，要我们彼此属于
升向更高的冲突，言说更高的陷阱

2018

于坚
二手店集 · 5首

南美集

鱼渡过了大海　老虎走进了木刻　土豆离开了烤箱　蝴蝶编队
轰炸了雨林　危险地块　刚刚生完　揉皱的地图　扔在旅游团
走马观花的脚下　南美　阵雨的后跟小跑开　月亮拨云　朝街心
倒下来一盆洗澡水　男人的黄色长出来　女人的红色长出来
悲伤的棕色长出来　忧郁的黑色长出来　玛雅人的辫子长出来
西班牙人胡子长出来　梳子和剃刀长出来　五道光　十种色
散发着产床的腥气　夜总会奏下一曲　世界又换了名字　酒吧
长谈就是议会辩论　武成路就是鱿鱼大街
人类呕吐死概念的后门　格瓦拉的拳脚在垃圾桶前殴斗
失败的手在红油漆房间里洗着骷髅头　另一些挂在小店门口
唱歌的脏面具　一排排模仿着长玉米　蓝玉米　紫玉米
期待着下一个节日　挺起乳房上的刺　再次被魔头和火焰
麻醉　寸步难行　新世界的推土机下不了手　盘根错节的
殖民地　阻力来自安第斯山中的土著　一块黑曜石　挡着
大太阳　推销员垂头丧气　群鬼春风得意　迈着墨鱼探戈
下楼　咖啡馆叉着玻璃短腿　等着长舌女巫来接吻　陌生人
喊道　嗨！　管好你的胯！　拔腿就走　我是另一地方的土著
危险是我热爱的　狱头是我老师　被捕　雷击　决斗
被命运这位欺软怕硬的大力士　迎头一棒的痛快　一生都在
期待　或许被深渊吃掉　厚嘴唇　老骨头　我本来就是　一块
肉　见识过骗局　盐巴　墨水　革命　杀人　我像丛林那样迷信

一路朝死亡走去　君子行不由径　也不骑马　穿着鞋　背着
一块云南的云　破地铁欢呼着驶向钢铁厂　死去的印加王
比下水道黑　老鼠举着灯　一只铁锅在露天煎着它的薄饼
送牛奶的嬷嬷是大海的胖姑妈　有着树皮面孔　星期二
派来个奶酪女仆　为荒野清扫出吹口哨的小房间　星期一
你得退房　星期二去输掉一堆钱　星期三　嚼着一块甜
饼干　星期四　出租司机喜欢后座上的嬉皮士　沾点
口水　补给他一张假比索　笑眯眯　骗了五块钱　星期
五　去织布　星期六　去跳舞　星期天　流浪汉吵醒
睡觉的鼓　卖甘蔗的女人有个长腿丈夫　诡计多端的猫穿着
蓝色貂皮裤　密探和卧底在吧台上吃着醋　镜子照着椰子壳
的砂纸脸　杀手在火车站后面撕开一块雾　旅馆侍者是每个
人的舅舅　高大　像闰土　在议会表决时受苦　用挖土豆
的手指　按下木质电梯钮　大教堂　1573　岩石古老得
就像荷马的眼眶　外面围着无数面具　高山下来的幽灵
蜜蜂般嚷嚷着　十字架　滚出来　邮政局台阶像政客的
前额那样窄　总统府的门卫转得比鳄鱼还慢　花园为偷情
留着黏土　送报纸的是个吹笛子的人　滚足球的小子是
抢劫犯　坐在街沿上吐痰的祖母　在垃圾中寻找记忆的脏狗
在葡萄园中邪的酒　都嚼过几千年的疯叶子　扛麻袋的人
爬进伤心楼梯　补丁屋下面住着瘦鸽子　大眼睛的名歌手
从安第斯的山沟中来　一只鹰钻出他的脑袋　丽丽有两个
芒果陷阱　卡罗　有一块蚂蚁地毯　"细雨是我的音乐"
我的诗人弟弟叫作奎亚尔　西班牙语被他写成了另一种诗
住在蒙特雷的剑麻里　在夏天　迎娶了一位菠萝蜜媳妇
朱莉雅　裹着一块棉花布　满怀心事　胡安·鲁尔福总是
陪着幽灵散步　博尔赫斯是守卫黑暗的老师傅　闭着眼
他的天空中有一座虎皮仓库　永远睡不满的大地铺　在闷闷
不乐的火山下伸展着　凸凸凹凹　以石头为枕　用大蒜辟邪
喝番茄娘的奶　在棕榈树下乘凉　与迷宫为伍　躺在每个夜晚
大海的胸脯星光灿烂　丛林的脚趾星光灿烂　黑夜的头帕星光

灿烂　他们是倒头就睡着的那个族　黎明在金字塔上醒来
耳轮上停着甲壳虫的露　是的　胡里奥　拉丁美洲很孤独
电影中　这儿永远聚集着　不会讲英语者　市场经济的白痴
复仇的　发情的　欠债的　戴墨镜的文盲　光脚的苦力　短裙子
荡妇　在市场逛一个下午　然后披着羊毛坎肩去上吊的农夫
张牙舞爪的流氓　奇装异服的浪子　时刻准备着私奔的小尤物
聚集着咖啡豆　次品　强盗　不法字典　钻石的往事　逃犯
铁人　黑手　小偷　乱党　聚集着遗弃　爱情　忠诚　冷酷
谋杀　被侮辱与被损害的　聚集着弗里达·卡罗　无人给他写
信的上校　这些古铜色的灰烬　这些垃圾　这些举着仙人掌和
街灯的拉撒路　令我误入歧途　一旦转过街角　就要被那株花枝
招展的左派植物　一枪击毙　大丽花的左轮冒着烟　唉　秋天的
暮晚　倒毙在拉丁美洲仙境般的阳台　跟着夕阳　亚麻　龙舌兰
酒　跟着末日　跟着那只灰斑鸠　是一种幸福　依依不舍　依依
不舍

2018.7.6　星期五

二手店集

挨着黑眼眶的咖啡馆　二手店躲在左岸　得带上一只
紫色镐头　旁边是妓院　腰带上拴着睡觉的跳蚤
弹钢琴的跳蚤　蓝跳蚤　青跳蚤　旧单车滚过臭水坑
波德莱尔刚刚走出去　忧郁　还挂在黑纱窗后面
没找到柏拉图抛弃的亚麻衫　有点失望　他要去别家
再找找　衣冠楚楚的议员不会来这里　下台的演员会
来　发福的资本家不会来这里　多余的诗人会来
踌躇满志的船长不会来这里　跳海的难民会来　教授
不会来这里　逃课的女生会来　刺猬不会来这里
孔雀会来　剪刀不会来这里　肉会来　鳄鱼不会来

这里　乌鸦会来　小轿车不会来这里　拖鞋会来
梅杜萨之筏飘着易装癖的云　门洞中有股子腥味
死衣服等着它的肉身　一个皱巴巴的忏悔室　厌倦了
涂脂抹粉　日异月新　二手店的哲学课　温故知新
有点脏　S　M　L　谁的遮羞布　烫得那么瘪　那么
平　那么多洗衣粉　他是侏儒小林啊　他是油肚
保罗呵　你是圆规约翰呵　她是罗圈腿的乔呵　她是
水桶腰丽丽　我是于　百货公司　永远没有熊的腰围
脱掉旧制服　甩开烙铁暴君　亚当灭掉烟头　夏娃
调整呼吸　红男绿女　贩夫走卒　莫忘了那个春天啊
我们赤脚走过伊甸园　披着霓衣羽裳　未来如雾
太阳刺眼　时代在自己身上　私人的黑生活　味道
要重些　四肢要懒些　行头要轻些　我又不是坦克！
妖里妖气些　体贴些　好玩些　走在大街上　要蒙着
红窗帘　要自闭　演出你的人生　不给他们摄像
罗马人的大浴缸　都是易燃物　抱　逮　翻　捏呵
嗅呵　滚　咬　扯　揉　插呵　向世界挺身而出
跳进　缝起来的火焰　把你的宝贝心肝　揪出来
要有飘带　要有肩　要有膝　要有领袖　要有舌尖
要有唇　要有卵巢　要有胡须　要有脚后跟　要有
大腿　要有汁液　要有黄　塞壬的纺车浅斟低唱
我来了　我看见　我出手　陈词滥调一个个撕开
重新配置　打扮　穿戴　诚实的布有一百个洞
一百个污点　付款　第一只手心甘情愿　第二只手
搂着至爱　第三只手　再摸一把　上帝——那具
衣架　藏而不露的小号深渊　大裁缝　早就做好了
我们的帽子　但是要找　要闯红灯　要头破血流
要感冒　要恼羞成怒　要秃顶　要溃疡　要忧伤
要投降　越界出桂冠　案前舞者颜如玉　不著人间
俗衣服　时间是一种灿烂的污垢　虮子保管着
不朽之血　刚刚脱掉　又来了　抖开再揉皱

绷裂又粘起来　风流倜傥　只差着一颗　小纽子
斯文典雅　在于灰的密度　亲爱的　穿上她的
粉色内衣　跟着她肌肤相亲　去划船　去开门
去游泳　去溜冰　去爬山　去看胖月亮　别碰
她的乳峰　莫撞我的屁股　过道窄　他正在洗心
革面　脖子僵硬的大师　灵感来自墨西哥围巾
主角　梦寐以求的是莫里哀的臭鞋垫　便宜的
手到擒来　珍贵的　够不着　挑来拣去　这里
没有　合格的东西　试试这件　有白杨香气　诸神
都穿过　袖子过长　要卷卷　浪子　你的鞋太薄
美人　你的丝太细　这是谁的牢房　我来开门
哪个的紧身裙　一朵枯花　江南的腰枝来了　马上
盛开　你搂着这一摞　他抱着那一捆　茕茕孑立
这位找回了妈妈的棉花怀抱　朝思暮想　那位遇见了
梦中公狼　称心如意　必定是下一件　下一款　唉
世界的贴面舞会　永远在一堆破布之间　我的下流
更适合这条领带　你的无耻　需要一种开档　套上
那一套　终于解除了面具　戴上这一顶　他首次登基
这把汗　才是"她的香水"世界的老衣柜啊　黑手
总是不够长　小丑们又选错了　回到穿衣镜中　再次
顾影　自怜　黯然神伤就是再生　左顾右盼就是确定
上次你演蓝裤子　这次粉墨登场的是皮夹克　有点
玻璃光　在巴黎　红磨坊附近　天黑前　有位
瘸腿的幽灵　斩获了一双　二手水晶鞋　那个
憔悴的灰姑娘　会喜欢

2018.3.26

土豆集

我见过土豆　就像神见过星星　我的高度低些
这儿　那儿　在静悄悄的山野遇见它们　荞麦地
和玉米地之间　埋在秋天灰色的屋檐下　蜗居在黑暗里
听着我们走路　死者的眼睛在等着转世

红色农场　整个三月　跟着父亲去播土豆种　他被流放
到此　大事发生　41岁　政治将他抛回
出生地　重复祖先做过的事　历尽沧桑　如今这位近视眼
视力非凡　人情练达即文章　卷着裤脚　跟着造物主
绕开陷阱和蛇　测量着一个个土疙瘩　为种子造出合适的巢

我15岁　规划是晚年之事　乘着年轻　乱种一气　刨
一个坑　扔下一个　有时是几个　不在乎　让它们
自己去商量　他的同志站在田垄中间　下巴挂着锄头把
像一台台发生了故障的小型推土机　思忖着下一锄要怎么挖

在泥巴中相依为命的母子　有的是一群　有的是两个
得小心你的左手　右脚　雨和阳光忙了九个月　才有这点儿
成果　用力过度　没有心眼　偏了点　弃婴就要被切掉一片
力度不够　漏掉　点点滴滴　最终也会积累成残忍　它可不想
孤零零地　死在荒野上"君子嫉末世而名不称焉""志于道
据于德　依于仁　游于艺"　一辈子的功课　这一锄　那一锄
苟日新　日日新　又日新　如切如磋　它们必须沾满泥巴　才能上市

老费还活着的那一天　土豆熟了　正午　好朋友坐下来　唱着歌
歌唱宝石　歌唱乳房　歌唱汤圆　歌唱石头　歌唱桃子　歌唱
歌唱在大海的棉花中呻吟着的果园　爱人的臀部一个比一个更圆
圆满的一日　一切都像土豆那么好　我们公认马龙县的土豆是天底下

最好吃的　配着盐巴　包谷酒　腊肉　守着一亩土豆地死去
值得

在哥伦比亚南方见过它们　大地的手已经摊开　贡果
滚出来　印第安人拾到麻包里　一袋袋垒在田垄上
嚼着草莓　等着绿卡车　载重的司机刚刚转弯
即将经过教堂　山冈下　一场场婚礼　在烤得焦黄的
头骨中开始　锅子星罗棋布　家家娴于炖

西藏的中午　抖掉泥渣　活佛吃的是荞麦和烫手山芋
蘸点儿神配的酱　僧侣们跟着蘸　低头　呵气　在手心
滚动了三次　揭幕般地剥开　实况永远与揣测不符
以为露出的就是那个馅　才不是　比估计的要面

也在一部关于哲学家的电影　《都灵之马》里看见
马铃薯　悲伤的餐桌　开裂的块茎　父亲和女儿　最后的
一日　最后一个留给看家狗　"整篇对话自外而内计算
主要包括三层言论"　第一层是泥巴　第二层是皮　最后是
干净的肉　伏惟尚飨！　尼采是一位土豆教父

你没看过这部电影　但是你见过土豆　无边无际　一个
也看不见　一丛丛墨绿色的叶子　跟着小偷们蹲在天空下
没人知道那是谁在作案　谁在腐败　谁将束手就擒　谁
听天由命　谁要投奔流星　谁将成为雕塑　谁会倒在猪圈
至少在摊开的一堆里　挑上个最圆的　总是失手　像太阳的
可没有

2018.9.24　星期一

火锅集

这个夜晚风吹过滇池平原　九月的第六天
在旱灾中炎热红肿的土地安息了
合上了一直干咧着的嘴　盘龙江未眠
三轮车夫蹬着空车悠悠回家
他妻子整个夏天一直顾念着母亲的玉米地
现在释怀　要好好地做饭了
华灯初上的城在等着吃

一天最高潮不是开幕式　而是下班后
当公司办公室的电脑一台台死机
世界的复活节开始　一只火锅宣布
生活现在沸腾　无数筷子
鱼群般游向那闪着油光的红色深渊
出租汽车司机咽着口水拉着馋鬼们满街找座位
没抢到位子的人意味着被天堂抛弃
油腻的人行道滑倒了许多沮丧的迟到者
满城都是锅子烧出的香比夜来香巴黎香水还香
就像少年游子扑向少年情人　那么兴奋那么热情
那么激动那么活泼野蛮地扑进热气翻腾的锅子
拥抱翻搅捕捉穿刺折腾滑开又夹紧你出我入
一次次插得更准更深更在意更体贴　每个人都在捞回自己
在白日的暴政下失去的一点什么　手疾眼快的同谋者
会心一笑　又是一个羊腰子　再次突破防线向着痛风
进军　人生在世　勤劳　也要好吃好玩好喝　斯文在兹
吃喝就是写诗　好吃就是好诗　隔壁的教堂闭门
谢客　神甫在捞鸭肝　巷口的二爷在唱花灯
小锅涨了　撸撸抹抹　骂骂咧咧　嘻嘻哈哈
吹吹涮涮　岑夫子　看菜单！　丹丘生　碗！　汪伦
坐起！　武列格　瞅准了！　老二哥　给是牙齿疼？

杜宁　干！　妹妹　唱歌嘛！　姐姐　你坐过来！
朱小羊　悠着点！　韩旭　再来一瓶！　马云　莫照啦、
拨个电话给陈恒　独自莫凭栏　不是你的江山
我干了　诸位随意！　喜怒哀乐　酸甜苦辣　是是非非
红男绿女　冤家仇人　昨是今非　黑白阴阳都已
混为一潭　要把那在世事中失去的一点脑子　一点
肺叶　一点心肝　一点舌根找回来　多不容易啊
味要真　质要脆　饿就是饿　饱就是饱　麻就是麻
辣就是辣　咸就是咸　酸就是酸　醒就是醒　醉就是醉
硬就是硬　软就是软　闷楼十日心将死　好酒三杯我欲飞
岑夫子　丹丘生　长风白日君开眼　堂堂吾辈高七尺！
樽前曼吟三百曲　才比唐初人未识　大道已废食为天
弥勒佛　挺大肚　腹中自有千秋业　吃起　捞得很麻利
很熟练　很准确　很直白　很露　很果断　手疾眼快
莫再欲擒故纵　阳奉阴违　装神弄鬼　看中哪块拈那块
但总是　稀烂的脑花　失去了眼仁的目　瘪掉的腰子
破碎的肾　黑透的胆　糊掉的蹄子和舌尖　过度萎缩的牛鞭
杯盘狼藉时　好风把大街吹得森凉　又可以睡了
晓看红湿处　花重锦官城

兰州集

每次　穿城而过的河都像是刚刚擀出来　闪着
青铜之光　鹤立鸡群　疲惫的博物馆藏不进大地
风俗　在陇西郡的石头上北望　所有事物都是
铅灰色　这一点给居民以存在的信心　对应世界的
西部美学　兰州不必出产兰花　也不假装牛仔
德国淘金者铸了一座铁桥　熬不过敦煌留下的绸子
戴铆钉帽子的工业屠夫　低头向冬天和它的白塔
致敬　裹羊肚头巾的小伙子还在爱一个不是杨柳腰

的闺女　春风不度雁门关　要么落荒而逃　要么
埋头吃面　电视台要我为忧郁的兰州说句话　我曰
兰州是黄河的一只碗　盛着千古之面　张有德家的
那碗　或者磨沟沿的那份　我都吃过　七块钱
一日之计始于晨　大碗出炉　红油铄金　搅拌者
都是马家窑的神秘陶匠　兴　观　群　怨　捞　挑
喝　一筷三叹　大典重演于汤汤圆桌　咏歌之不足
不知手之舞之　足之蹈之也　围着的都是些失败者
失败的张　失败的李　失败的颜　失败的岑　失败
的陶　失败的柳　失败的秦腔　失败的羊皮——那
激流上毫无野心的筏子　失败的乌金峡　失败的
水电站　失败的推土机　失败的诗人叶洲　失败的
公务员姚成德　慷慨悲歌　抹着嘴　俯首于生活之鼎
甋　鬲　簋　出来时　天光大亮　雾散
满街黑压压地走着穿棉衣的人　有个开灯的房间
坐着张书绅　东岗西路50号　《飞天》杂志　青砖
楼　一粒沙　戴着近视眼镜　翻着黑暗时代寄来的
稿纸　文人的寂寞事业　风卷红旗冻不翻　"生不用
封万户侯　但愿一识韩荆州"　无数作者向他投稿
伪书名满天下　编辑清贫而逝　山回路转不见君
必然东去　落日守着白昼之圆　月光再造荒凉　黄金
只将黄金埋在沙子里　持久的激情　疯狂的牛肉汤
必然东去　穿过那些通天废墟　那些战战兢兢的电梯
那些含义不明的油　那些死亡游泳池　那些风华正茂
的麦克风　那些不可战胜的纸牌　黄河必然东去　这
就是金城哲学　再来一碗　然后走进紫暮　招手
出租车司机乃吐蕃之后　一路上都在扮演握方向盘的
哑巴　过桥时突然开口　烧香般地说　那是黄河。　哦
是的　黄色的河必然东去　这不是胜利　世界从未
觉悟到这个　面真理　雪又要来了　时间不过是那匹
骅骝蹄子下面的一只青鸟　飞过摊开在荒原上的剧本

满川碎石大如斗　　再来一碗　　加点盐　　大漠孤烟直

36年前，余在云南大学中文系读书，张书绅君在甘肃《飞天》开辟
"大学生诗苑"，专门发表其时备受争议的大学生诗作，耀然若明灯，
学生诗人纷纷弃暗投明，是为新诗所谓"第三代"之源起。余投稿，
与先生通信甚频，颇获青睐。平生第一个诗歌奖，即为《飞天》颁
给。从未与先生谋面。斯人已故，来兰州，在车上后生姚承德君指
出东岗西路五十号《飞天》原址，青砖旧楼，一闪而过，怅然。

2019.1.8　星期二

黄灿然
自己人·9首

小人当道

他们不是坏人，也不是恶人，
并不意味着他们不是病人。
他们不是妄人，更不是圣人，
并不意味着他们不损人。
他们不欺骗人，还常常被欺骗，
并不意味着他们不欺骗自己。
他们不容人，不认人，不由人，
并不意味着他们不是普通人。
他们被亲，被远，被动，被迫，
并不意味着他们没有主人。
他们不是发言人，聪明人，读书人，
并不意味着他们不丢人。

顽固者

没有朋友，甚至谈不上有家人。
更别说还有亲戚。他不悲伤。不绝望。
甚至不烦恼。顽固成石。几乎成铁。甚至
看似有一线暗光从石缝里透出。
精神堡垒如今一片废墟。与他无关。
因为他是顽固者。原本就是障碍物。
非自愿的路标。像非自愿的守卫。重建之日，
如果有重建之日，他将不是砖。
不是泥瓦。而依然是顽石。

而我要在他周边
添上一丛丛青草。

嘀咕

他们所作所为，我们
看在眼里。有口难言。

他们像光天化日，
而我们愁云惨雾。

我们被反过来，像小人，
只能在暗地里嘀咕。

他们要跟粪坑说的，
便是我们要跟他们说的。

老了

老了，庸人也开始多了。
当年的非凡者都平凡了。

当年的狂热者都安分了。
不惑了、耳顺了、知命了。

庸人轻易达到的，他们
努力了一辈子也快到达。

剩下那么一小段距离，
刚好够他们打发余生。

自己人

他们说我们是自己人。

我们不敢不承认。

他们说我们的也是他们的。
那并不是说他们的也是我们的。

他们说他们要保护我们。
那并不是说我们弱小。

他们说他们要亲我们。
他们已经赤裸裸。

再 见

没想到二十年后她会是这个样子。
都说，下半生的相貌靠自己塑造。

三十年后她也不应该是这个样子。
甚至四十年后。而她还戴了帽子。

难道她脱下它还会更难看，更瘦？
难道这还不是她的名声的真面目？

乡 亲

我知道我们都会老，但不知道会以这样的方式：像垂下翅膀。
我的乡亲，他们都这么善良又不难看：要是丑些，也许就会让
人忍心些，好受些。但他们都这么善良又不难看。

他们的秃头，他们的白发，他们的眼神，他们的声音，他们眼
神和声音里的热情，甚至他们秃头白发里的童真。我哪里见过
如此俊美的诗，如此诚实的散文，如此动人的叙述。

如果他们都是路边的花草，或山中的树木，或天上的云彩，或
斑斓的蝴蝶，或屋顶上跳跃的麻雀。啊，如果他们都是些让我
可以具体描写和赞美的风景，让我抽象地表达。

但他们都是我的乡亲，几十年没见的乡亲，再见时都秃头了，
白发了，都这么善良又不难看。我知道我们都会老，但不知道
会以这样的方式。我还会回来，像垂下翅膀。

苟活者

没有不聪明的苟活者。他们
对自己明察秋毫。他们差点变成智者，
如果不是因为他们变成自己的智者，
把千虑留给自己。他们从高处俯视
残喘的理想的影子，半是哀悼
半是不屑。忧患，让他们心慌。
庸俗，让他们尴尬。他们的成就
和地位，他们真诚地一笑置之，
因为只有群众才会在意。而群众
正是他们在高处俯视的，正愚蠢地
把他们的理想踩在脚下。

我们的诗人

风云突变，我们的诗人愤而不归。
也不能归。他铤而走险，在文字中锻造
在视野中消退的光芒。在绝对中雕刻
在荒地中隐现的玉石。而家园模糊。

风云再变，我们的诗人归而更愤。
也不能不更愤。当神明已经弃我们而去
他更激烈了，白发黑影恍如神明。
声音也稀旷了。而家园破碎。

2019

哑石
小事件·9首

断点

格物是件颇为奇异的事情。
不久前,我们还一起探寻过
人形拓扑的私密险境,如一对猛兽——

借了丝绒天幕熔开的洞口之光。

细读每根弧线热力的本草经,
咽吞细胞炸裂的星云……
但此刻,我写诗,几乎忘记你的名字:

只为每次相见的清冽、不完整。

每 日

每日醒来,我们都面临一个
特殊处境。人形的孤独
有多深,事物就可以有多深的
新颖:昨晚,你在睡梦中
轻轻挥舞着拂动水面的异星花枝,
此刻,重新回到枝头的位置——

每日醒来,我都记着像一个
理性人,连喝几杯清水,平衡
你已不是你的事实。呼吸

充溢了形状，分泌甜味的花粉，
我为"你"似乎贡献了什么，
镜子立墙角，我们不必反复确认。

但从溶化在晨曦中的书页上，
我看见另一种星光，那些细小的
遗体，字形的黑颗粒：危情
遗漏了又把我们无声地连在一起。
现在，该是相互认领的时刻了，
细浪用嘴湿润你，完成一次次新婚。

历史沉船剪影

站在潮汐肩头上，眼睛再专注，
也望不到月亮的另一面，
那旋转着的、永不转向你的一面——

船，从烧烤摊旁的涌流探出身来：
"不反感写韵文，但着实憎恶
谁在夜色伤口上，刺绣出一个鲜艳。"

人性没有给咽吞者一种恰切的
自然语言，却替他晨昏烦忧。
烤茄子有鲸鱼味，似乎无需重新加盐。

"真的吗？""我们，承担了让
一个个烟熏故事长久流转……"
麻辣烤脑花，已由铁质烤盘递至嘴边。

小事件

1
语言微醺之时，当有生命偷欢，
怒放如繁花——

语言与生命，互塑身形。
事实上，人多半幸运，一处处
苞芽，催促你，恢复成另外一个人。

2
总有什么在暗处怂恿我们。
高空磁场扭旋，语言在暗处，如繁花。

3
威仪赫赫先生，
羽蛇吞象先生，
绣球花圆胖与人工智能先生，
窃喜着挺尸流水先生，
一点点庄重一丝丝谦卑先生……

反对，反对不能理解的诗歌之先生。

4
无语者，我们从夜墙上敲掉的，
恰是你分蘖给众人的部分。

5
油泼面暖胃，宽汤重庆小面
要撒点葱花……吞下
晨曦中旋成细沫又在味蕾上轻轻
炸裂的远光：你爱我的部分。

至于是否要在互否中共舞，无需认定。

6
熔化的铅湖，悬在众人头顶，
羞惭，锁住了山体舌根——

暴君，从来强蛮而伪诈。
谁，指望着另一群我开口说话？

幽光。戏剧。生命剧痛，怒放如繁花！

门禁卡

哔一声，小区的铁门被刷开。

电子门禁卡，我都还没收好，
那个裤腿上沾满干鸟粪、白漆点的
家装师傅，就已从旁侧抢身而出：

一股浓烟、一群群灰翅膀，
从我身后诡秘的安静中抢身而出。

回头望了望，惊异于自己
有一丝恼怒，又对粗疏、沉默的
蛮勇，有着云翼的理解性认同。

他们不会回头，如狮子再回头。
这小区，春末晚霞的一千匹
彩练和一万种消息中，蹲伏着
喉咙被铁丝网死死勒紧的狂暴野兽。

历史的技艺，往往无物可替换，
远眺者，递来夜冰和浓烟滚滚的手。

隐秘智能

蜂群筑造新式蜂巢，以适应陌生，
假如这世界真可以陌生。

多年前你用过的蜂窝电话，此刻
收缩成一滴回旋珠泪，汜漫、
咆哮在耳聋老人镇定自若的耳道里。

黄昏下，马儿回头舔自己肩胛，
一枚枚蝇卵，被潮湿舌头
卷走，送进马儿黑暗而温暖的胃——

多么危险，实则是你难以了解
的新生。现实中，每人一身虹彩的
信息盔甲，翻卷着层层鱼鳞：

请警惕那手握柳叶刀的悲悯先生吧，
死亡是一副器官，长进头顶星群。

在监舍

一个永恒旁听生，数度进入
此地，只为看上去不起眼的事情：

（羽蛾在黑胶唱片密纹里战栗）

那溪流学会突然苏醒，有人把
一号电池的金属底板边缘，
急切地，磨成了吹毛断发的薄刃；

（探监者看你，哭一只苹果）

又或者，粗糙砂石会耐心地磨……
牙刷之手柄，内蕴着挺身
直捅出去、长在指端的破空飞鸣——

（时代裂开又弥合，弥合又裂开）

每每被劫持的自我，已进化成
狱卒头头，心硬如湖岸用旧的新颖。

春宵

爱的神秘在灵魂中生长，
但身体仍是他的圣书。
　　　　　　——约翰·邓恩

*

你颇有阅历，可随时邀请
绿犄角的迷途者缝制身上的湖水。

枝枝默语、透明的松针，
薄薄皮肤下游弋。

它们射向饥饿中"善"的不同窗口，
仿佛不朽，问些荡漾的问题。

而通过卷舌伪装波纹的扩音器，
将被允诺看护这皮囊之新；

云端，加密数据半弯着腰，
横躺的孤眸，一块风中发蓝的冰。

*

给魔鬼的英雄气度抹点黑，
这行为，有必要借点纯洁来掩饰，
仿佛时机与暗道串通好了的。

暗自吹灰的柳丝有看不见的
湿鼻头，此刻，如果还
有点冷，那说明爆睛之事将要发生：

晨昏易装的少女，特别适合
飞智能泡泡，再譬如，
龙换气、晚霞，滴下传奇的淤泥。

*

玉兰吐白，团身油脂，椭球形状则卷绕了春饼。

朋友们，嗬，朋友们，快来吧，
削了发，赶赴聚会，恢复一小滴青山秩序。

我们皆不善饮，口渴就在舌根处
搁一粒海盐；荆棘丛知晓

比自己高明的人，造访过波浪状的这里——

但咸水的舌头也认识几个汉字，
其透明瓣膜，快递给
风面浪起的眼形分枝晦涩尖利的争吵：
亲们欢天喜地！聚会的农家乐，名"蒙氏叫花鸡"。

＊

大概没人，能数出一个夜晚
你的梦与梦之间，有多少缝隙？
我也不明白，上一刻之我，
怎么一个跨步，就到了此时此处。

你，习惯把一个一个石子，
堆垒成圆锥形，摆放在
丝蓝水雾浸润、颤摇的大书桌上，
希望这空间，隐开细小螺旋。

人的一生，总会有些曲折，
夜，递来养心者的吸管。
就算看不清，也总可从眼角
吮吸出一溜烟喜鹊、一粒粒海盐。

永恒寒冷，数字表情模糊。
当偏振光从卧室薄薄的星轨
旋身归来，花纹刻在了你手臂上——
爱，映在无形开出的枝条上。

如果是春宵呢？融化掉的
事物，比缝隙更为逍遥。我们
信任银河边缘咕咕鸣叫的水鸟，
你我的神秘友谊，有多少，算多少！

别裁雕墙后

餐具是生命的一部分，一如你

难以启齿的隐私，是生命的
另一部分。我们洗刷，令其干净。

一部历史剧，将阴茎、睾丸
分别称之为"柱子"和"石头"，
像在谈论一座圣所的构成。

自然，喜用人的汗水，建造蜃景。
看不清左手暗自握着什么，
右手奔流，解开你发辫幽幽缠绕的。

星空钴蓝的夜露，一粒粒葡萄，
负责凝聚、平衡。词语里，
鸢尾用猪尾巴跳舞，祈祷着、蜂鸣。

赠友人

好久不见，而相见固然无事，
却仿佛很多事可谈。
几天前我就琢磨何时去火车站，
在什么地方等。
你们并不讲究夜宿哪家酒店，
只要有酒，餐馆不论大小，
都是难以忘怀的盛宴，有我们在，
所有的山都是蓬莱。
我们仰望我们共同仰望之高远，
藐视共同藐视之宵小，
后退历来是前进的引擎，
拒绝不是盾牌，
而是排山倒海的张力，
需要距离为我们开辟回旋的空间。
其实没什么斟酌，
我们的夜晚不会浪费于睡梦，
无非是一个合适的地方，
供我们还原连床夜话的附录和补遗，
只要我们在，
任何时代的任何一个夜晚，
都会从传统中涌出源头活水。
好久不见，相见就像一次新生，
摆脱时间的禁锢。
当我在独处中体会浩瀚，
仿佛是时间的礁石。

在街上寻找食物就像采集空谷足音，
想起你们就像山中忽见满树蟠桃，
何时再饱餐一顿，
然后彻夜长谈？

我 是 猫

一次我与猫互相冒名顶替，
我要说的是，任何一次重新命名，
都将引起整体性振动，
不仅会重构当下，
而且，一切过去宛在眼前。
于是我看见：
人开始用四只脚走路，
拖着一条属于过去的尾巴。
我曾经养过的两个人，
每天趴在窗前，
他们舔干净食盆之后，
就安静地趴在窗前，别无所求，
仿佛历代的隐士，
对于世俗欲望不屑一顾，
只是安静地趴在窗前，
凝视着外面的世界。
我并没注意他们的眼睛对光线的反射，
不知他们有无动摇、犹豫？
作为猫的我，同样心如止水，
安静地坐在椅子上，
有生以来第一次在窗前陪伴他们，
琢磨着猫与人的缘分，
或许最初的世界是从我开始的，
在一只猫的世界里，
我抵达从未到过的地方，
也想起了从未想到过的事情。
某个春天夜里，
他们两个人依旧趴在窗前，
凝视外面的世界，

没有半点睡觉的意思，
外面传来其他人的呻吟，
给春风沉醉的夜晚蒙上荒诞色彩，
而我家里这两个人露出躁动不安的神情，
模仿外面的人，
发出类似的呻吟，于是我想起：
人的世界是充满爱的世界，
在那里，
雌雄的对称构成无尽想象，
此起彼伏的求欢就像神灵的召唤，
甜美而又凄厉。

河边的道路

与河流平行的道路不像河水，
不会带走我们。
我站在河边，
望着河水带走一艘艘船，
而我仍旧像河边的树木站着。
也许我是一个比喻，
为了成为比喻而诞生，衰老，
与其说我是树木的本质，
不如说树木是我的前尘旧事。
在万物还未命名之前，
我们的感官感受到的一切，
围绕我们蓬勃生长，
那时，我有机会成为一棵树，
树木也有机会成为我，
没有白天，没有夜晚，
只有太阳升起落下，
我们不知道什么是喜悦，什么是疲倦，
而河流可以是我们的道路。
那时的我们，
还没有定义为你和我，
但已经是整个世界的总和，
世界由我们的身体构成，

不可知的事物存在于可知的事物，
历历在目，就像河上小洲，
是人迹罕至的荒芜，
又是草木的天堂，
而现在已经无法改变，
我站在河边，
却无法长出枝叶。

两颗恒星

像银行职员与企业会计那样，
让我们成为朋友，
不要像公务员与厨师，因为他们，
并无交集，没有成为朋友。
虽然我们不是快递小哥，不是修理工，
不是经纪人、保安、推拿师，
甚至谁都不是，但已经成为朋友，
还可以像所有人成为朋友之后，
仍旧像没有成为朋友的时候，
在茫茫人海擦肩而过，
回头眺望，不知道看见了对方的背影。
我们互相认识的方式平静而简单，
像天上的云，颜色很淡，
所以我们的重量在认识之后，
像认识之前一样轻盈，
但已经成为朋友，像两颗恒星，
我们在浩瀚宇宙中互相照耀，
相隔着不可逾越的形而上学鸿沟，
经过数万光年飞行，我们，
并非是为了互相抵达。

山间的小溪流

山间的小溪流吸引了我，
它没有用隐晦的语言，

刺激我的神经。
它兀自在岩石间叮咚作响，
浑然不觉我在聆听，
并没有因为我一步步靠近而沉默，
或者像松鼠逃向树枝。
它完全不知道自己发出的响声，
吸引着我，却又如此自然，
只是从一个高音跳到一个低音，
在低处的岩石上转入小调，
仍旧像叮咚作响之前一样清冽，
偶尔溅起几朵水花，也仍旧若无其事，
没有迟缓不进。
我俯下身子聆听小溪流的叮咚，
就像没有听到一样。
我凝视它经过岩石的空隙，
经过杂草和白色小花，
从不张望树上的风。
我只是凝视着，
并不试图听完小溪流永无休止的叮咚。
我只是在它汇入大河，
消失于开阔的河面，
从河水的嘈杂中收回它的声音，
归于无形之前，
俯下身子凝视它。

高春林
四棵树记·6首

四棵树记

我对自然还是知之甚少，
譬如，四棵树和它密致的
落叶景致，是否意味着
时间就是一匹野马？貌似
入秋以后，石头从梦中醒来，
叶片在大地奔跑。空山，
空如斯——来这空中敲门的人
有没有一个云脚？银杏叶
铺展的晚来秋在翻转冷冽焰火。
一队蚂蚁在石板旁缓缓爬行。
我在山崖上坐了整整一个下午，
似乎身体里的街衢繁琐
和这里的空旷在博弈，濯洗，
如果有幸开窍，我会抛开
更多。是什么又在悠悠扬扬？
空茫之秋，我抬眼迷蒙于
远山也在近前——我也像打开
山门的人，拥着四面八方的
风，想起伊迪特·索德格朗——
"寂静和天穹是我神圣的世界"
那声音在我起身时慢慢罩下，
一丝细小的凉意，这时像知觉……

马鞍垛记
—— 给飞廉

捕风人从水乡来，也叫归乡。
鸟鸣穿过两省之暗，展开晨曦。
凤凰是身体里水的化身。
山地柏以本地的呼吸为天空采气。
溪水相信响马是我们的诗，
语言蓬勃于山河在，和梦醒。
白鹭或白鹿的灵动像划开夜的残影，
"我们只为闪光的一瞬而活。"①
我们隐逸在林间，换言之，
我们多数时候是城市的抗争者。
酒散发着热烈的味道，和欲望；
酒饮下时间深处我们的友谊。
一个个山峰诵出嗓音里的鱼；
诵出星河里横渡的船只。
我们在倾听一首无法抗拒的塞壬之歌，
我们是早已跳下水的水手。
未来的卦象里你是一头狮子，
你清好了，最好清脆些，你的嗓音。
花冠女神一直微笑着，与光明对称。
空旷，是我们敞开的胸襟，
马鞍上生长远方和我们的俄耳甫斯。

①引自托马斯·萨拉蒙，赵四译。

石板上的酒器

石板上有我们的酒器。
粗犷在唤潜伏着的野性。
辛夷花是延续的春日，
山里。风物皆以匿名状态，
一旦探寻，旋即谜团，
像一首诗中暗藏的隐喻。

我选择九点钟的无语，
让光，最初的辨识即透过
蓬叶落下。明亮醒来。
饮谈，亦如细密的缝合，
没有什么契约就不用顾忌。
如果融入了，我们即是
彼此的一个镜像。入镜中，
我们研磨身体里的咖啡。
撇开。撇开什么？
那是狗眼，它看低自然，
它有意看低我们的诗。
一切都要交给时间，
胡适说："年纪越大，越
觉得容忍比自由重要。"
如此情景，诗自觉辽阔中。

在想马河与永伟、江离谈论虚无感

一只闪尾鸟张开它的自由。
诗在风口，坐看云幻化的白鹭，
峰峦不再迭起，拥着痛痳的时间，
让我们保持一种辽阔的静寂。
这是我要的虚无。马洛奇亚人的[①]
翅膀——蜻蜓般透明的翅膀，
划过城市。而城市时间过于硬，
我们借这里的鸟鸣叫醒黎明。
一个人向溪水上游，意思是走过
繁华，以见山涧的月亮——
水色的月亮，皎洁的孤绝，
如今不再是我们谈论的一个对象。
我们纵酒，而沉醉的是虚无。
诗是什么？蝴蝶在紫荆花上，
我还是想到马——布罗茨基的
野性的黑马。这里是想马河，
杜甫的马萧萧也消失于虚无？

我们吹着口哨，没有什么命令，
唯有沟壑幽微的我们，再干一杯！

①引自卡尔维诺《看不见的城市》。

孤僻记

入秋的几场雨一而再地下。孤僻
从一个工厂蔓延到我们身体里，种下
荒谬的病根。雨还在窗外继续下着，
木焦油涂过的屋顶，一时安稳我们的喘息。
——或许只有故乡的树是辽阔的神。

这时，小众媒体的映像里，一些人
无助地调侃：艺术嘛，
就是扭曲、曲张、张扬、扬尘、尘埃如
我们，以及我们爆出的一根筋。
我还是想起故乡：原型如初，时光静朴。

似乎，回不去了。我们的身体，
和麻醉的孤独，在每一天接受新鲜的歌唱，
那市政前的盲街。伤口不是出口。
我再次想起故乡秋水长天下的蔚蓝。

为什么是生活，而不是诗。
为什么是诗，而不是一首田园曲。
窗外的雨下得更起劲了，它恣意到无我的
境界仿佛在提醒我，悲怆是子昂，
也是布罗茨基的野兽。

荆花蓝记

我的记忆里依稀有"荆火"——
在摇曳着，那燃烧的红或蓝的火苗，

在荆被伐和点燃之后，摇曳着。
并不知道荆花，是这么小。因它弥漫，
九月的山坡在空寂中始获灵知。
我在它的弥漫里，感受清澈，不糊涂，
想到星星，在自由散聚，驱逐时间之暗，
就有一种诗的天空感。荆的紫花，
也是诗的自话。或许，荆的野性很早
时候就唤我。我们的野性即风景，
一些词（或者说这荆花蓝），没有理由
不使眼睛看见光明——即便星光。
"几乎一开始它就为一种完全独立性
而战"，"黑暗中一切都在扩张。"
这里借用了苏珊·桑塔格的一个隐喻。
荆花有星烁的天性，就像我们的词
有敏感的灵异。但我愿意这样——
不假借世界的颜色而任凭它，安宁地
绽放，在我们过往的时间里绽放。

她与自己达成了和解

身体在镜头前重新配置
伸腿，扭腰，嘟起了小嘴
在蓄谋已久的变形里
她又一次找到了自己

通常，她活在这副躯体里
略胖，对世事稍微迟钝

镜头的出现，使她起了变化
她忽然意识到自己并匆忙抽身出来
把从别处窃来的表情、姿势
挪用到自己的身上
——布置起一个萌态
把耿耿于怀的肚腩藏于光线制造的阴影

她迷恋在镜头前，并不断
调整自己，把各种曾经不属于她的
表情、动作，嫁接到这副甩不掉的身体里
并在这里，她重新爱上了自己

如果在往日，她还没有学会宽宥
脸上的一点雀斑，或粗短的五指
总会被无端指责

镜头前，她终于能够掌控

面部的表情，手脚的长短
能让暗淡的肌肤闪出光彩
并在永恒的瞬间——定格

许多人在一旁冷眼
她却忽然拥有了新的人生，并且
有一种自我感觉的五彩缤纷

当她收回所有表情，在相片中
她决定与自己达成和解

一块玉石胸坠

在众多的饰品之间，我最倾心
于她。晶莹、剔透
带着一丝丝的碧绿
谁在此时佩戴，谁就
拥有完整的幻觉

但世事多变，由于某次碰撞
在她的秘密深处，猛然间
有了不易觉察的裂纹
就像一声严厉的棒喝
她的一生，徒然增加了复杂性

因为爱，她的存在
或是一次深刻的提醒
这世上，不再有完美之物
她对于自己，也无能为力
而我们，不能在追求虚无中
得救，因为缺憾的世界
要求有更加深沉地活着

从这丝裂痕向内观望
可以看到：她体内唯美的匮乏
忽然产生了新的转折

星空

没有一块能掩埋一切的黑
在鸦雀无声的地方
总存在不易觉察的漏洞
就像某一种虚无,比那触手的
更加真实,更加持久

星空有时消隐于云层
但并非屈服于暴力
当它重新打开,即有明确的判词
打在一览无余的空中

纵使看见,多数时候
它依然使用默语,因为力量
往往也是无言

如果它照临,它所制造的
眩晕,足以颠倒乾坤

档案室

没有比它更幽深的事物
虽然四壁牢固,它却有一个巨大的胃
可以吞下所有的名字、图片、声音、实物
以及无法证实的故事

所有的存在看起来都那么确凿无疑
但你不能否认——这是真实性的最大缺憾
这些名字的主人,无论活着还是死去
他们都不是存在的证人,而是真正的他者
所有辩驳、犹疑和不确定性
都是多余的,因为它只相信死去的物证

纵使它默不作声,却是某人
一生经久不息的风暴

而你无法参与，在你生前或者死后
有时你会有所意外，某些你不清楚的人事
怎么就潜入了你的生命
而你却无法抽身出来

对于结论，它过于主观
它不会向你问询，在意你的迟疑和恐惧
它不会参与你的恋爱和抉择
它总是慢于你的想法和行动
但它却是你的唯一历史

是它清楚，这世上一切都在消逝
只有它存留在时间中
它依靠秘密，连接了过去和未来
有时它又依靠自身的偏执
保留了片面的真实

每一只杯子

此时杯子放置在桌面上
洁白的样子仿佛不存在制度和管理的缺陷
它的一生已习惯了遗忘
泥土的锻打、制胚、火烧……
这样的痛可以忽略不计
劳作者的血汗、微薄的剩余价值
也在流通中，被漂洗得干干净净
它也清白地来到无辜者的桌面

每一只杯子只服从它的功能
装水、或者被使用它的人
挪用，这种情况，它空虚的怀抱
同样来者不拒

如果有一天，它碎于时光或者使用者的大意
它所拥有的遗忘、也随之增加

非 洲 大 象

非洲南边有三分之一的雌性大象不再长象牙

———题记

对于贪婪，象牙的洁白就是个谬误
千百年的时光，它们在草原上悠游
用象牙掘地挖水，剥开树皮
当它们小心翼翼地使用祖传的牙齿
它们保留了世界的完整
有时候大象成群结伙地迁徙
过河时高高举着弯曲的牙齿
就像举着一个被压制着但不能熄灭的愿望
它们庞大的身躯在非洲草原压得很低
纯洁而艰难

当狩猎者举起了枪，它们
洁白的世界就留下了破绽
丛林里没有正义的纯色
另外的情形更加可悲：非洲大象
以暴制暴，冒险缩减自身的洁白
此时，世界能否重新获得平衡？

杨河山
鲁迅的遗像 · 11首

W.S.默温去世①

今晚上弦月。
西边亮。
惨白。悲痛。
石头的国度。
新超现实主义最后的火焰。
你的空缺,
我听到了这个不幸的消息。
我又一次阅读你生前的诗作,
心中浮现诗人的形象。
深夜二十三点三十分我仍伫立在一棵大树下。
苍翠的树冠融入夜空,
我对那不知道是什么的东西鞠躬。

① 2019年3月15日,美国桂冠诗人W.S.默温(William
Stanley Merwin)在夏威夷的毛伊岛家中去世,享年91岁。

一 等 邮 局

走入中央大街尽头这座一百年前的一等邮局,
他们诧异地问我:你有什么事?
我说我只是想进来看看,
并非为了贷款,或者吃快餐,
这里从前是个邮局。我想看看信件是被谁寄出的
又是怎样收到的,谁接收了它们,

这个城市从前那些死去的人
如果继续收到信件会不会感到高兴，
会不会有些信件因为没有写上
明确地址永远无法收到。
那些公司的人面面相觑，
他们以为我发着高烧或者精神方面有点问题。
然后我喃喃自语走出大门，
我说一百年前这里曾经有个邮局，
在这条石头大街的右侧，
很美。如今早已搜寻不到它的影子了，
我说我以后还会经常来到这里。

驾驶一辆积雪的汽车上街

驾驶一辆积雪的汽车走上这个城市的街道。
雪纷纷落下。323号汽车
此刻正轰响着贝多芬悲伤而雄壮的
音乐。

鲁迅的遗像①

有人以这样的方式纪录他的遗容：
涂抹凡士林，
再将事先调配好的石膏一层层涂抹，
最后用细纱布敷在他的脸上。
鲁迅永别的一刻，
因为这种方式而留存下来。
（石膏的气味，
死亡的表情永远凝固好像白色金属）
这以本人为原型塑造出来
的著作，他看起来如此苍白，
消瘦，双眼紧闭不再横眉冷对，
神态安详仿佛进入了梦中。
经过石膏翻制之后的鲁迅栩栩如生，
最后的成像，几乎皮肤的

纹理都清晰可见。
（石膏像制作无意间粘下了鲁迅的
两根眉毛与二十根胡须）
他身上留下的唯一原物，
我们仍然可以凭此见到真实的活着的鲁迅，
这尊雕像也因此有了不一样的意义
仿佛绝唱。

① 日本雕塑家奥田杏花制作的鲁迅雕像，藏于上海鲁
迅纪念馆，面模底部的左边用黑色楷书写下"民国二十五
年十月十九日奥田杏花"一行字，为国家一级文物。

省博物馆红色穹顶与一弯新月

时间的墓地，
里面所陈列的一切古老文物比如新石器时代的
石头、铁器，以及更为久远
的高大的恐龙披毛犀与猛犸象化石将目睹
这弯新月，商周时代的钟鼎，
以及泛滥其中的美酒将目睹这弯新月，
（水波荡漾，一切将变得
无比美妙）麋鹿与东北虎的标本，
甚至无数面来自金朝的铜镜
将目睹这弯新月，（将目睹而并非映照，
它将感到疑惑是谁更加明亮）
所有的一切都将目睹这弯新月包括制造它们的
鬼魂，这让我思索这弯新月，
其实它也将成为时间的古老遗迹、
明亮、梦幻，仍然崭新如初，
更多曾经目睹过它的事物早已化作了尘埃。

月全食与火星大冲之夜

这样的夜晚，比以往黑暗了许多。
周围的每个人都变红了，

面如赤炭但牙齿是白的。
一只野猫唱歌，也许两只或者有三只。
摩托车莫名其妙自己发动了自己，
不远处某个房间里，
有人吟咏伟大的诗篇。
我走在中央大街的石头街道上，
不说话，不认识任何一个人，
只是随着红色的人流如洪水涌入这条长街。
月全食与火星大冲之夜，
不明的光照耀，
死去的人与此刻仍然活在世上的人，
全部被这种红色的光照亮。

安静

安静地，特别安静，当我在这个公园的甬路上散步，
望见四周的草和树木，（此刻树叶
已经发黄并且变黑）我不相信什么都没有发生。
在这样的时刻，任何猜测都无法接近
生命的真相，我仍然在树木青草间散步
并且陷入沉思。

威廉·伦琴夫人的手①

威廉·伦琴夫人的手没有肌肉
威廉·伦琴夫人的手蠕动
威廉·伦琴夫人的手突然变得透明
威廉·伦琴夫人的手或许白皙或许红润但此刻特别僵硬
仿佛一束枯枝
威廉·伦琴夫人的手有点惊愕
威廉·伦琴夫人的手急于证明着什么
威廉·伦琴夫人的手
探入某种未知的光线之中这是人类第一张X线照片
Röntgen在照相底板上用钢笔
写上日期：1895.12.22

威廉·伦琴夫人的手触及了事物最深的最隐秘的本质
威廉·伦琴夫人的手揭开了一个新的时代
威廉·伦琴夫人的手戴着一枚结婚戒指

① 德国维尔茨堡大学威廉·康拉德·伦琴（Wilhelm
Conrad Röntgen）教授（1845-1923）用X射线为夫人拍摄
了手骨像，这是一张具有历史意义的照片。

有镜子的房间

当这个长方形的房间突然呈现出某种
光亮，其实之前的时间里，
光亮也不同程度存在。
一只蛾子在飞，这微型而精致的蝴蝶
扇动空气，在一堆衣物
与香水的上方掠过。白色的墙壁
已经皲裂，上面的结婚照，
两个人却仍然微笑着，脸上布满了
时间的灰尘。另一侧，
床头放着一只手电筒，花镜，
以及一些关于诗歌的书，有三双袜子
蹲在桌角上，像三对等待起飞
的鸽子。一个人走了过来，
穿过那面镜子，他返回的时候再一次
穿过那面镜子，只能看见
他的两条腿在镜子深处移动，
仿佛在玻璃与水银构成的陷阱中跋涉。
电视中在播放一个美国
西雅图的男人偷了一架飞机，
他驾驶它，沿着小岛转圈圈飞最后坠毁，
这让我想起了那只扇动翅膀
的蛾子。时间是傍晚，
这个房间有点暗但因为那面长方形的镜子，
的确比从前明亮了几倍。
一个人再次走了过来，
那只蛾子仍在飞最后落在了什么地方，

又一次让人联想起那架
坠毁的飞机。傍晚，房间里的光线
因为落日突然变得特别明亮，
镜子闪闪发光，那个男人
这次在镜子前坐下并且注视着它，
他耸了一下肩，露出有点
诡异的微笑，他似乎想起在这里已经居住
二十一年了，这个有镜子的房间，
他每天在此阅读和写作，
其实既是他的监狱又是他的天堂。

听法国著名小号大师杰恩·克拉德·波里莱演奏

听到这个我好像被灼热的铁烫了一下，
那激情的，热烈的，惆怅的，
让人无法安生的音乐。
当一切都可以倾诉，当你投入你所有的
情感，然后得知一切终将逝去，
你就会寻找适合倾听的音乐。
像落日时分眺望着远处绵绵起伏的山峦。
有人这么认为，而你只顾
在这旋律中浮沉，那青春的欢快的
带有明亮光辉的音调，
拥有某种金属的坚硬品质。
然后你回想起逝去的时光，
感到自己这一生并没有虚度只有某些方面
有点遗憾，有时候，音乐
也能将我们带到永远无法抵达的地方。

佩索阿来到哈尔滨

当我翻开他的二十二朵玫瑰花瓣的诗集，
费尔南多·佩索阿走了出来。
并非一次航行的途中。
或烟草店。或在里斯本的闹市区

偶遇，他走向我。
而是……以这种面对面交谈的方式。
很多个佩索阿坐在这里。
诗人冈波斯，但其实只是那个
戴黑色毡帽的葡萄牙人。
他说他要用明天想一想明天的明天。
他说他想死在玫瑰里。
这让我想象，他已经死在他的这本
二十二朵玫瑰花瓣的诗集中。
此刻哈尔滨下着大雨。
寒风刺骨，溅起的水珠，
每一个里面都有诗人费尔南多·佩索阿，
或冈波斯，以及他的无数分身。
弥漫的水雾，他的灵魂
四处游荡，更多的佩索阿。
当我合上诗集，一切戛然而止。

飞 行

云是永生的一种加速度。

他在奥尔特星云的深处忍受着
让身体一再变重的灰尘。

似乎地球是一个永动机，
穿过白色半透明的玻璃弹珠，
凝固的云从他五岁的食指尖飞出。

飞向蚁穴、老街的坑洼、天井因为腐朽
而收紧为地狱漏斗的下水道，飞向
他眼球中胶冻的云，打盹时氢气似的云。
归根到底，恐高症是对天堂的短时失忆。

让我们开始夜航。
飞机：这只熟睡的幼虎，
梦见自己开始了小跑，它打着寒战，
金黄的毛发在夜的轻齉中竖起。
天空是瀑布，它是摆脱了重力的水滴。

它圆睁的双眼一眨不眨，向内看着：
这两百人的客舱，白蚁似的分解它的安眠。
这些在浅睡中无序爬行的人，
用无知觉的合力平衡了它的方向，有人
咳嗽，惊醒，幼虎就感到挠心的痒。

耸一耸脊背，更多人在它的腹腔里醒来。

它会消化他们，像泥土分解落叶吗？
太平洋上空，信号是叶子上的蛀孔。
它那么安静，就像是一块海绵，把云
吸附进了虎皮威严的纹理；
就像一枚磁针，在云的漩涡里摆荡。
醒着的人，努力继续入睡，
就当在对自己打赌。每一刻都是完美的万一。

（主祷文，飞机起飞时，他例行的默祷。）
"我们在天上的父"，父亲
也是一种加速度吗？摆渡、等待、滞重的
安静……突然，像是要去空无中
捕获父亲般的勇气，全速向前，机轮
是旋转的天平，下面是重负，前方是轻逸——
当他终于在巨大的升力中，托起了
三倍重的父亲，他看到的天空

只是天空的倒影。本质上，他也是
倒影的一部分。如果他是一片深渊，可以
向自己扔玻璃弹珠吗？他望向自我的
渊穴，水面上的影像晃荡不止，
涟漪会带着信息波，让记忆的愁绪
获得一个短暂的中心吗？飞机在上升，
托举着三万倍重的父亲，窗外的云
是趋近无穷的，高速运算的函数……
心脏在超重中，感到孤儿般的空灵。

"愿人都尊你的名为圣。"大地、群山、
辉煌的城市，借着对流层的弹力
飞向万米之下。在冼村，广州市中心
一片未完成的废墟：石头推搡着，
荒草在建筑残渣的缝隙里，相互敬礼；
有人在混杂着腐烂的火龙果
和腥臭死鱼气味的小摊上，数钱，点香；
有人在落着灰的、拆到一半的

房子里理发，门和窗只是几个窟窿，
把生活安置于时空的假设；

有人穿过祠堂溃烂的门脸，背后是一个
公共厕所；有人裸着上身，伴睡在
废水池边的土堆上纳凉，短裤耷拉在
肚脐的地平线上，游客们来
请他拍照，他一个鲤鱼打挺坐起，
娴熟地接过苹果手机，像指挥
交响乐一样，安排黑暗中照相的人站位，
"再来一张，"纳凉人说，"角度稍微
有点区别。"闪光灯使他年轻的脸
像是一张看不清的乐谱。神圣的大地上，
外邦人来到了这个伊甸园。

"愿你的国降临"，飞机仍在上升，
他闭上眼睛，想起和女友穿行在
海关和国界上的日子，脉搏似的，
火车轻轻的颠簸，还有轮船的荡漾。
队列漫长的香港海关，隔着五十年不变
的一国两制，《2046》，那是他大一时
在梅园操场露天电影院看的。座位不需要
讲秩序，三三两两，远远近近，
像小孩在棋盘上落子。那道来自未来的
光幕，从山谷晃过他的角膜，
已经是十几年前的事了。伶仃洋的小码头上，
女友用英语买到一碗车仔面，给他充饥。

南洋是什么味道？大海冲散了
毛笔字的信笺，星洲，郁达夫曾在那儿写信，
他咸涩的眼泪多半是包含了
海风的辎重，归国的船票是一缕鬼火。
那是女友带他第一次出国，
他决心做一个哑巴，与华人、马来人、印度人
交换眼色。他观察到，
他们每个人都穿着一个崭新的国家，
像一件统一的秘密制服。

槟榔屿是另一座岛，《南海姑娘》从那儿传唱：
"椰风挑动银浪，夕阳躲云偷看。"
他偷看到一百年前，年轻的人们从这儿登船，
到广州，起义埋葬。

"我在天堂迷了路，我该怎么办？"
波罗的海的八月，比安达曼海的
十二月还冷。他在南洋的海滨点了碗面，
一不留神，海鸥就从云中
降落到桌上，从容不迫啄食起来。谁才是
世界的主人？彼得堡的鸟是影子，
飞起来，像透明的钉子，掷向大气的水晶墙。
天堂里有一把小提琴，但它折断在西伯利亚；
天堂里有一匹黑马，但它的骑手去了美国。
天堂的早晨是无限循环的，光的顶峰；
天堂的晚上一直在推迟，直到涅瓦大街
以"必须"的声势，合上黑暗的闸门。
天堂曾改名列宁格勒，在"童年的
腮腺炎"里，筑起了漫长的防波堤。

"愿你的旨意行在地上，如同
行在天上。"航班飞向中东的途中，他的
急性肠胃炎发作，手机的云空间
下载了锡兰的《安纳托利亚往事》：
汽车缓慢行驶在小亚细亚半岛的公路，
寻找凶杀尸体；更慢的，是肠道里蠕动的
乌云。末日阻滞在消化系统的黏膜壁，
他在天上，带着体内微型的地狱飞行，
碳14的衰变，氨基和羧基绞缠的雷暴；
飞机温驯得就像天使，带着
他的痉挛飞行，带着他肠胃里
大地上食物的死循环飞行；地球也带着
十小时密闭的航程飞行……高原中央，
夜深了，汽车寻找着手机屏幕的
尽头，把他靠着的舷窗当作电影的尾声。

"我们日用的饮食，今日赐给我们。"

他咽下空乘送来的阿拉伯酸奶，
终于在一阵反胃后呕吐，内志沙漠的
腥味，搅翻了南中国郁热的病毒：
呕出了五脏六腑虚脱的等高线，
飞机穿过的哀牢山、缅甸、孟加拉、
印度洋，流沙一般滤过了喉咙；
呕出了每个清晨醒来时的空气、日光，
好像他总是幸存在最后一天；
呕出了每一家外卖小店的油烟，
夏天秋天冬天春天交叉的道路落花
和败叶的腐殖；呕出了土壤里的汗水
和农药，稻穗里的杂交和转基因，
呕出了四体不勤五谷不分，每一次
聚会时熔铸的群雕和酒精……
这样他才感激着，抽搐过后的空无。

"免我们的债，如同我们免了人的债。"
那天下午飞机降落在马斯喀特，
一座荒漠中孤立的白色城市，在阳光的
奇点上，空疏、辽阔，几乎并不真实。
航班延误，乘客们临时得到十二小时的
阿曼签证。这海市蜃楼的半天
折叠进了他和女友的时间清单，他们
像是闯入了一个虚拟的国家，
关卡刚刚搭建，路人互相发明，
镶嵌着伊斯兰琉璃的七彩墙壁从阴影中
生长出来，深眼窝的小男孩只花了
半小时，就在阿拉伯海的沙滩上长大。
夕照给烟尘四起的建筑工地
加了两块方糖，旅馆的院子分两次看，
一次比一次遥远。他们睡觉时，
影子复原了他们，于是他们把影子押在这里，
只押一个晚上，作为与意外的秘密交换。

飞机再次起航。夜安静得
像集体死去的蜂群，它们似乎找到了
大于自己的事物，找到了宇宙万亿分之一的

无限，无限是拆不完的礼物，每一层
都比上一层更空阔。它们飞着，
飞着，像冷却的熔浆一样坠落。
从他梦的化石里，他进化出了醒来的自己。
窗外，大气澄净，GPS地图显示：
这是伊朗高原的北部，大地上灯火的
蛛网中心，城市的螯肢捧着黑暗的粮食。
这光芒的颚叶，是一个奇迹诱饵，
经过漫长的垂钓拉他上钩，从梦里，
挣出了水面。他顺着钓线的摆荡，
飞过了土耳其、黑海，在罗马尼亚，
夜色开始消退，匈牙利、奥地利、
德意志、尼德兰，清晨的云廊拆除了
搭建它们的工人。另一架飞机
牵着绯红色的朝霞引线，平行驶过。

那引线是另一个他在飞行，另外的一生，逶迤在
靛蓝的高天与弧形的透明天际线之间，云的
即生即死的烟花。清晨的天宇，
充满了平静的勇气，绯红的仗列朝向葬礼。
那引线与他并排飞行，从舷窗望过去
又像是用高倍显微镜看到的
他的细胞核、他的原子，盲目地振荡于
地上的人和天上的人之间，被他
忘记的人和忘记他的人之间（在两种
遗忘交叉的空地，熟透的葡萄从枝子落下），
昨天的梦和梦见后天的上帝之间，
他迁徙、逃难的先祖和分解他的记忆的
超级人工智能之间，宇宙大爆炸
和第七封印之间，19岁的跳舞的母亲（那时，
他还是虚无）和82岁、下床就像下山
一样艰难的外婆之间。那引线最终
随着地球朝太阳磁场的旋转，消失了。在他的
出发地，已是午后，开洒水车的师傅停下来，
看了看天，似乎一切行人都值得原谅。

"不叫我们遇见试探，救我们脱离

凶恶。"连他隔壁每晚都要发疯，想要把
楼房砸烂的邻居，也值得原谅。女邻居撕碎了
《红楼梦》，撒在楼道里；不停地给她
五岁的儿子网购玩具，然后砸成碎片，不管是
巨人、积木高楼还是太空飞船，沮丧地模拟
末日与毁灭。有一个晚上，她用雅典娜、
海伦和欧律狄克的名字，掺杂着生殖器，
来诅咒人类，语速像一个萨满。只隔一堵墙，
他从没见过邻居的脸，那是星空下绝对的黑暗。
现在，他的家被飞机的弧线抛向远方，
悬崖一般固定。一片云，披着橙黄的光辉，
像通天塔的残垣，与地心保持平衡。窄门
是螺旋状的，是正在坍塌的迷宫入口。
飞机开始下降，英吉利海峡一闪而过。
T.S.艾略特曾在泰晤士河畔，承受了天国
与地狱的联姻，所以他的墓碑上写着："死者，
用火焰交谈，这火焰远超生者的语言。"
飞机穿过云层，就要着陆，他继续默念："因为
国度，权柄，荣耀，全是你的，直到永远……"

芭提雅的普罗米修斯一日
（给黛画）

公交彗星驶入小行星环带的混沌中，
太阳光里冲撞的陨石，已经穿过
木星的拉链，瞄准赫拉克勒斯得到

不死之身的田野。我用手中的鹤心，
打开地图，海蛇升腾海水，狮群
布雨。汪洋这边浮荡的潘多拉之盒，

从地平线上开启。在魔盒上打坐的
皇帝、债主和魑魅分子，伸出猩红的舌头，
撬转地库的拉奥孔，抵制崇高的知识。

他们在痛苦和虚静中，长出的
第八颗脑袋，喂养着一只眼睛里
每天都在流淌熔岩的猫头鹰。他们在贪婪和谬论中

在毁灭中，长出的第九颗脑袋
和新上任的路西法足癣言和。路西法
和路西法的汉文子孙、德文子孙、俄文子孙，

以及阿拉伯文子孙，将囚禁在宙斯口中的
灯塔、跌宕于人民的雾。逃亡的生灵，
有时候像君士坦丁一世从罗马搬运的大理石雕。

雨中

钟在地中，船只反雾。南北朝的
石基上，往返的牛鬼蛇神，

在寺院的青莲外，被竹风，吹得发亮。
我仰望，射入墙内的金光如玉。

古树伸出的枝干，抱住庭院里的罗汉
向起雾的大运河：震怒的魂灵

和绳锁诵经，焚香。耸立在丛林中的巨石在这里
长期研磨着，泉眼里的月宫。

我们的历史在瓦砾上，种花，种草，建造家国。
山上的荣光背后，禁锢的森林里，

松树和桂树，向上缭绕甜香。那低下了头的大理石，
弥撒的精气，正在腾挪世纪之椎。

撒拉弗之歌

海洋、运河、陆地和城市，
转向铁丝网中的九龙山，被雨中的
绳索捆绑的星群泄露的
异象之光击倒。正以奇异之火书写手稿的
奥斯定，面对身前凋谢的杏花

进入他另一个我的哀泣。来自星辰中
所有的光，在白天人类的晚期
流淌成河。沙、雾中的彗星
和无尽的山区，在一首悲伤的歌里，
好像九种乐器，又像众多雅典娜手中剪断的
布匹。我的世纪，寒冷胜过绝望，

恐惧胜过新生，我祝福榛子口中的白玉，

在交集的炭火上：无光的心脏，
无人的身躯、和树枝中起起伏伏的噪音，紧贴僵硬的，
结冰的石子路面，而地下的鸟类，
张开羽翼，地心中的春日，吸入行星，
好像万物盛开的婚姻。昆虫一般运动的风轮，

自大地上驮起围鹤之城切碎的
喉骨。疯癫的轸宿，像一个南方的喀耳刻，
坐在树上咀嚼男人的额头。浪涛上的鬼怪跳进船舷，
想跟对岸的人们问好，钩住河心的
船锚知道，时间一旦进入人心，世界就开始
崩溃。我神经我狂于高空的酒精。

在花中，奥西里斯之日

绵山之路，如同雨丝，在你的锁骨上
内陷。谷坡里横斜的朝暮，使反光的地表，
继续分布沁河上游的烈性金属。
新世界：被撑开的正午，在无尽的

草叶上停留。我扛起肩上多年耕耘的
万株青松，任由瞳孔里净过身的
野史，被写成山猪翻来覆去，让它在空气里，
先奔向山顶，让它转过身来，
成为剥了皮的百眼巨人，让它看着我，将我看成一个无道的
古人，让它飞进我的余光：
斑斓的蝴蝶，静止的血月。那些飞入
我眼芒内的蚁虫，也钻进了我的

鼻孔，在起伏的山路上，我一直都在惦记丛林里
绝迹的老虎，但是褐马鸡、豹子，
山羊和土狼还在。我们

摇摇晃晃地走到山巅，这花神的
栖身之所。天象、多变，风神交错。流动的祥云后，
太阳总是时隐时现，我躺在花丛中
直视太阳，让它照射我的肺腑，当你走进强光之中，
你会发现它的光里悬着一把金剑，在所有的
草，被割断的根茎上：孤单耀眼。

当你将你的耳朵集中在花柄上，潜伏在地下的
迷走神经，便会发出绿色妖精
磨刀的沙沙声。我禁不住悲伤流泪，而落在我眉心上轻舞的
金斑喙凤蝶，好像是金光中的某种启示，
我还会再来，花仙子的酒是喝不完的。

杨碧薇
朋克过山车·5首

夏日午后读诺查丹玛斯

隐喻放之四海而皆准
但对于星辰，上帝只准备了唯一的酒杯
千万别指望预见就能抵挡
哪一次大灾难，不是借着宏伟的描写
才使枯玫瑰错彩镂金
我一寒战，回视窗外树叶，正向高原阳光
施加倾城绿意
这个宁静的午后
刚复活的宫殿，被盲视的幽灵挤满
知识分子在CT室照脊椎
布衣在尘世的幸福中自寻烦恼
匹夫在纸上谈兴亡

朋克过山车

我们乘坐朋克过山车飞越热带雨林
穿帆布鞋的鸟群，驮起天空的汽笛
这发丝风中翻飞，漫卷着奇异果香、汗和光线
这鼓点持续敲着颤动的冒失

你是什么旋律
好像我从未听过，但顺手就能弹起
是否真的有一个折叠的时空
在我们诞生前，就见证了琴弦上

每一次流连、摩挲与撞击

我有多久没燃烧过了，你就有多久没点火
粉粉葱葱的音速，还在云海滑翔
我们是谁，我们在哪里
为何全部的高音低音都在涌来
一切滚烫的危险且远且近

黑金告别演唱会

终于走到了刀尖上
高音在颤抖中撕成两截，舞台灯光渐灭
越来越明确的黑，它的核心即边界
它将比永恒更远
这些年来，从清贫而芃茂的八十年代
到垃圾分类的人工智能世纪
我们对生活的占领确实是失败了
最后一只信鸽也扑着伤翅
从大洪水中
从被焚毁的圣母院
从我们塑料微粒的体内撤离

猫头鹰打开了音乐厅大门
余音的错愕卡在上一秒。有人平静地告别：
"再见吧！要么一起跃下断崖；
要么爬回刀刃，让古老的良心继续荡着
能量不守恒的秋千。"
再见吧，黑嗓已挤成哭腔
西西弗哭，普罗米修斯也哭
路西法哭，小夜莺也哭
受害者哭，施暴者哭
阿尔法哭，俄梅嘎哭
银河系在真空外睥睨一切哭

粮食和沉默
将被重新排上思考的日程

我们也将获得
亚克力人的新身份
往后余生，你我提前进入漫长的晚年
原谅我，何等不争气
仍在面对一个陈旧的困惑——
如果还会有孩子
如果他们问起
黑金里暗涌的波涛是什么
我该重复那些美丽的谎言还是……

过丹噶尔，偶遇昌耀纪念馆

这是最后的城，荒原的开端。时间
在这里发出小号般的尾声
汉语在这里走到终点

我也走着，这行走于我，是通向
一个离开已久的起点。我仿佛走回到
旧日的小学，墙上的招贴画斑驳而顽强
墙根处，野花从未枯萎。涓滴的
涌动从北冰洋传来，随潮涨起又湮没于
潮。该走的人早走了，戏楼铺着寂静的灰
但黄金的诗句和锋利的标语还在
同一空间共存，相互拉锯，或者遗忘

走到他面前停下，我指尖一凉，感觉到
那个孤独的灵魂消耗了太多的沉默抵消永恒
他曾经绝望，也曾在空气中牧养
不可能的白羊
而现在，雨落下来，针尖无穷尽
被针尖一点点扎着的大地无穷尽
天空无穷尽
我的四面八方无穷尽
所有的无穷尽中
只有短暂的事物闪烁着微光

秋日的第一场电影

戏里，丝竹正是繁盛时，白衣书生立船头
桨声划动桃花水，乱粉叠叠翻

戏外，我们坐在空园子抽烟
说到今昔，像说戏中陌生的转折
难得霾浓时，秋光仍淡淡
你侧脸的候鸟飞进慢镜头，飞过楼宇和桑田

戏里，佳人从刺绣的针脚里，认出了书生的路
高音在廊角回回转转
灯笼摇映处，满屋红牡丹

戏外，我们从空园子起身，结伴去红尘
看一出和平的喜剧
孩子们也从掌心拔出图钉，挨紧回形针父母
在彩钢板下，演习棚区的绝唱

戏里，书生爱上归途，归途有白鹭
佳人剪去长发，锁起院门，为无尽的艳骨立传
最是人间交错时，日色清明，微岚若有无

戏外，通往电影院的银杏夹道上
腐烂的气息借着北风升高，吹拂行人衣衫
透过银杏叶的切口，但见天穹倾斜
与城市呈直角对峙
小时代的宽袖中，有什么东西正在下落
轻巧无声，砸不皱暮晚的丝绒
唯黛色一抹抹加深
将满目金黄，衬出庄严的浓重
走在此刻万千华丽中
鼓声流宕，我悲心如歌

税剑
时空切割术 · 5首

高铁涂鸦计划

夏天来自
第一次吸入狐
腋毛坐在高架桥边哭

一阵阵的雨
就这样过去了
天空的孤独是紧张
而仁慈的

早安，夏天
空调精英们的
早餐——蝉
永恒的古典音乐

蝴蝶准备给所有的
灰色
高铁桥架
喷上青丹青蓝
赤丹枯茶的涂鸦

高铁开到沙漠里
200公里外，就是胡杨林

在遥远的大漠
天空终于洗干净鸟

就这样
灵魂成了杜若

一阵阵的蝴蝶
过去鸟
蝴蝶开花
像涂鸦大师
张开双手拥抱
涂鸦团队

现在还是春天，胡豆开花
像蝴蝶
彩色的
高铁桥架旁
有棵树突然开口说话：
我准备
继续活到二十九世纪
像一首诗的
命运那样

只有大海知道根源

而他们之间还隔着
一道帷幔
她的手心握着一座
苏州的园林
他把自己小农的腿
往海边挪了挪
但还是持续犯错
把海岸写成了"街沿"
她满脑子都是
"温吞"两个字
他有时候
像大海一样缄默
大海也是日常的愤怒诗人
总把自己沦为伟大

只有神，在波涛里翻滚
从内陆来的水手们
终于发现：
一生的品格
和尊严，只可能
来自大海般的思想

磨 盘

每天晚上十点才回家
磨盘，在半空
旋转着
似曾相识的情侣
停滞，僵持
并深陷于此
每一个人
都近于普通
微笑着活下去
海底也有不满情绪
深藏着秘密的
家庭和社会
海底，也有杭发厂
匆匆下班的
逃窜的鱼虾们
一块鳞片就是唯一的铠甲

他的一生：是小型水轮
发电机组组长
却被经常安排
搬运物件
他的本质也很可能
是一名机修工
他的工具袋里
发出叮当作响的声音

磨盘一直转着

一阵阵的旋风下
像对着哭声
连续开枪
他负责泪水的维修工作
回到家，她却消失不见了
一地地的鳞片
血污般的
心碎，举手投足
每一次手臂的挥舞
每一条
鱼的叫喊
都是具体的
那一朵浪花破碎之处

时空切割术

星期零，上帝
下班

切割花岗岩的幕墙
工人，工业怪兽
回到最辽阔的时刻

切割。如果存在
是2.8米。他更愿意
化整为零。在蜗居地
在住人集装箱
在窨井盖下
他并不浪费时空

的确，他住在两间
相邻的房间中间
他住在墙壁里
他在墙壁里磨刀
先割了紫云，割了恩
割了爱，割了童年

再把它们都往空隙的
实体里扔。最后
在尚未到来的
空间，堆积起来

阴阳割了昏晓
把一天切割成五个
星期。并不等份。
在这个月，他足足
过了三年了
并随时祈祷着
他出生的夜晚消亡

然后，他就忙着
为二月和三月中间
命名：闰，给墙壁里
命名：土

此时，他的灵魂
早就抛却了时空
正在离地三米的
上方做漂浮运动
凝视着自己的躯壳
体会深度的宁静

他、就好比今日
并不属于这一年
这一生的任何一日

星期玖，下帝
上班

火龙果

切开的火龙果像莲藕
吃完后像朵花。翻来覆去

都是红肉，欲望
总是突然聚集
像午餐吞下我，像一个包子
把她裹在了里面
晚上只吃火龙果，吃完
就像一个战士，倒下
吃梦。梦里，梦呼唤着
她：那些鳞片卵状的
金属，那片沙漠，滴落的水
和渴。我只愿抱着她
翻来覆去，圆齿状的未来
亮色、期许、理想化的
自然声场。我居然
不知道过去的生长
都是刺。醒来后，她用手
洗脸，全世界的水
都在她的指缝间流逝

她会永远离去，在梦里
带走污泥的神通
带走觉醒后的烈酒
只送给我几个结语之辞

玉珍
果子·7首

果子

我站在树下，
仰着头
像小时候那样看着树上的果子
妹妹在枝杈上使劲摇晃树枝，
果子们暴雨一样落下
一场金黄的果雨
打在我头上
脸上、鼻子上
有一点疼
但我还是傻瓜那样笑着
他们不可能砸出另一个牛顿了
但它是美和赞美的本身

秘境

表哥在幽潭中闭气
用全身接触九十年代的清澈
竹筏自上游而下
上头站着他父亲
鸟兽像人，在林中漫步
仿佛创世刚至

我的外公八十岁依然在放鸭子
他的牛像灵兽那样温和
从山上带回来香草的气息

当人们在红色的傍晚从田野山谷中回来
太阳像造物的眼睛拥抱着大地
我站在桥上望着这一切
这一切仿佛就是昨天

现在已没人烧炭了，斑鸠依然歌唱
河流倒映成片的青山
时代处子般的澄澈已经过去
像一场盛大的涟漪
消失于透明的风中

后来命运也是这样对生活下手的

后来我的狗死了，猪死了
牛和鸭也死了
鹅羊鸡们相继都死了
与此同时有更多的牺牲
在我长大后发生
被改变的理想、自由、天真无邪
突然面目奇特
我知道我也会死，这跟牛羊没什么不同
十几年前在放学路上
我最后一次见到我的牛
那单纯的大眼睛
像全体人类的童年
它走了
走向了遥远的屠宰场
后来命运也是这样对生活下手的
一些美好的人像鹅那样朝我涌来
他们真好啊，云朵般洁白地
在大地上飘着
但风使他们走散
风吹着他们可爱的脸皮和头发
风将他们送进了永不归来的地方

骤 然 而 至

我骤然不知生命的意义在哪里
我度过了漫长的一段虚无

整个生活像一种疑惑但不知为什么
没有那种紧迫了，没有想去战胜的
没有什么所缺

我骤然体会不到被人深爱的惊喜
体会不到刺我的荆棘与甜蜜
像冷天骤然而至
我裹紧我的毛衣站在街上

到处是人类与道路
但没有兴趣往任何一边走

疯 子

对他来说
疯是最终之路
疯比死亡更酣畅淋漓
他想做什么便去做什么
我身边有个疯子
为一场不幸整个地豁出了一生
但他并不后悔
他的错都是真实的
这样纯洁的人已经不多了
这些人搏击着虚伪的生活
他说这都是我的命
热腾腾的命
像他曾吃过的一粒羊屎
刚从被吓坏的羊羔子屁眼里滚落出来
简直与药丸无异
在死前的羊蹄边他跪着
发出些仿佛羊才能听懂的怪叫

相反的命运

躯体总奢望长生，他跑着
用年轻的迫切拒绝老死
而灵魂渴望自由，排斥着疲累
企图超越时间

他们是相似的
但总在相反的命运中挣扎
人最终什么也没有得到

躯体在寿命里死去
而灵魂被其拖累
也无法获得永生

黑夜

夜来了
二十年前的某天，煤油灯外头全是它
它坐下，带来暴雨闪电
使汤勺与汤在风中搅起薄雾
我的母亲为我夹菜
南瓜，肉，青菜，还有几块豆腐
米饭在灯下白得像雪
因为黑加剧了它的纯洁
那是最亲近夜晚的时候
人显得弱小，没什么光芒和力气
几乎想倚在黑夜的背上
吐掉些生存的疲累
但我什么也不懂
只觉得饿
那时我没心没肺，吃完就睡
盯着夜巨大深沉的眼睛
马上开始做梦
我不知黑夜什么时候离开的
我醒来它就已经走了

向京作品
《哈欠之后 After Yawn》
玻璃钢着色、木、钢、百叶窗、灯等
Fiberglass, painted; acrylic, wood, steel, venetian blinds, lamp, etc.
178cm×62cm×43cm
148cm×42cm×58cm
2000

发现

Discovery

诗建设

黑夜

本名马贵龙，穆斯林，1990年生于青海省民和县。现于民和一所学校
教书。写诗十年（几无发表），是从图书架上偶然抓来一本关于墨西
哥诗人奥克塔维奥·帕斯的诗歌评论开始的，并预感到此生将是诗歌
的学徒，成为诗歌在人类界的一只手、一丝呼唤，心满意足。

马骒 (八首)

锯木

院里码放着暴晒了一个夏天
粗细均等的树干
这天下午，父亲搬出锯木机
手握明晃晃的利斧
准备将它们截短，劈作柴火
这是他应付冬天的哲学
锯木声丁丁，满透秋日庭院
我的心绪落进不说话的木头身上
看父亲锯，劈……这些树
很快被切劈成柴火样子
黄昏我站在散发木香的杂物间门口
隐约看见了闷在炉膛的灰烬
那时父亲斜倚着廊柱
眺望远山，他看起来像从那里
突然回到了家中

马骒

清晨，我攥紧缰绳
和骒儿颠簸在山路
骒背上的麦垛像小山震荡
时值盛夏，毒日很快凌驾于
大地这只小小的碗顶
我们浑身冒出热汗……
那些日子骒儿使了大力
在老榆树浓荫下，作为役畜
得到了比往常更精心的
护理——食拌豆料、鲜草成捆
饱饮清凉井水（那是雇车
从远地方运来的人饮水）
父亲又晒温了一盆净水

111

从鬃毛开始为它刷洗
不忘叮嘱说要反复擦洗
硬邦邦的腹部
（因它卧睡粘满泥草）
仿佛有天我会继承他的手艺
如今我才明白那是同理心
生长在一个农民的肋骨。
不多久，如果你看到它
摆甩身上的水，雄威毕露
以为它是一匹该出现在
荧幕上奔驰的骏马。
后来，父亲开回了一辆拖拉机
合计着它不好再派上用场
"一年到头的花费
够养活下崽的牛羊多只。"
他决心变卖它。
而他们曾一同翻地，
播种、驮运收成
在突来的暴雨中相互贴身
他想起一家生计
儿子们还像影子般单薄
而他的老伙计默默
跟在背后，蹄声噔噔
不免惆怅地回应着
那是他艰难岁月中唯一的依靠。
我记得它那般匀步
带我到了集市，整个牲畜市场
它暗红的皮毛
足让其他马骡面露妒色
几分钟，马贩就决定买下
连同简易挽具和鞍褥
我和父亲没有回头多望。
我听过入夜后它忧伤的鼻息
母亲补充说，在决定卖掉它开始

见它食欲不振，眼角充泪
在我们忆及的九十年代。
它二十岁左右，如果活着
眉心间落一块拳头大的白斑。

野鸽

当我抬眼向野鸽
晨曦中喷过水的草坪上
似叶舟浮动
夏日清晨寂然无声
它们啄食的细喙一下下
在我皮肤上荡起
铿锵的脆音
光在野鸽脊背上打滑
我顺势在心里铸雪
庆幸啊
从我不曾观望的飞行中
它们落到了此处

康格达峰顶的雪

那时我正读着霍尔的诗，诗中
日子紧绷，池塘在抚慰
心灵，松缓于从宽阔处来的风
很平静，你拿给我一张相片——
五月的康格达山，绿草葱茏
准备登山的人雄心万丈
山脊线杳远，如鸟，飞往山背面
我看到康格达峰顶的雪
蒙着午后阳光，也释放了爱。

飞奔的马

一匹长鬃飘逸的马
——原上一株轻盈的草

仰脖嘶鸣蓄力奔跑
闪电般的肌肉暴起

一匹马开始飞奔在原野：

一匹毛发竖立
通身冒汗的马

一匹飞起来的马
好似只剩骨架

一匹马的线条
留下马飞奔过后
迟缓的形象

梦里我快升上了天空
我是虚松的，如烟之马

五点
—— 致玛丽·奥利弗

并非等到此时
才动手写下
并非有意，玛丽
是我太累了
五点钟
像你身体内镶嵌的
一块明亮宝石

如果还活着
你已经裹紧衣服
脚步轻轻地
出门了。
这是中国北方
冬天已近尾声
最后的冷
正从炉火旁游离
撤往窗外
与事物们纷纷作别。
玛丽，
你到黑色池塘了么
看见水上白鹭
裁出的百褶裙了么
告诉我
外面一切都醒着
松树，露珠，岩石
四周的空隙
唯独你
被欢愉包围
沉沉昏睡，芬芳的中心
万物附着在你
温热的每一寸肌肤
又疯狂伸入
血肉
因为你，亲爱的奥利弗
你原本是高贵的泥土？

落雪的群山

每座山都有雪
无法触及的
一块缺陷

那是山的肺。
从车窗懒望
向明灭的雪山
浮出
又潜入
在亮月的海上
——一条座头鲸
浮出又潜入……
不得寂静
这落雪的群山
鲸鱼的孤独
如此辽阔

父亲

高过屋顶的树
摇晃枝条
影荡在父亲身上

像个钟摆。山头
夏日尘埃一样
滚烫的麦穗——

他的黄金
成色不足
还在变弱。

父亲的脸
在地面戳出
几百种表情

王彻之

原名王浩，1994年出生，天津人。本科毕业于北大中文系，芝加哥大学比较文学方向硕士，牛津大学文学博士。

作品发表于《诗刊》《星星诗刊》《延河》《诗江南》《汉诗》等杂志。2016年获北京大学王默人小说奖，2018年于纽约出版中英双语诗集《诗十九首 19 POEMS》。

悼 W.H.奥登

头脑的统治崩溃
像厄尔巴岛的火山灰，
双眼的铁幕拉下，目光
也随之败退。在九月，
穿过维也纳舌头的晚风
不再与教堂的钟声押韵，
街道焚毁杉树的选票；
灵魂宣布，他身体的计划破产了，
而他牙齿的各个时代
根基都已经动摇。无人叛变①，
更没有抗议，他死去
在关于他的死的意识里。
而那意识已经过期，
它签署的文件被另一个他撕碎，
尽管他们彼此熟悉，
如同拉琴者和琴弦，
但现在他的精神静静地躺在
他对象喷泉的殆尽中，
如此完善，恰似一个谐音。
他就像方济会的管风琴无人弹奏。

① W.H Auden, "In Memory of W.B. Yeats"：The provinces of his body revolted.

诺顿行

There they were as our guests, accepted and accepting.
——T.S. Eliot, "Burnt Norton"

当大巴车一路挣脱在它窗玻璃上
拼命敲打的，如同囚犯们

有人探视时伸出的疯狂的、怨气深重的
胳膊似的黑树枝，我们终于喘口气，
以为回归生活，不再与我们身边的
不知是人是鬼的阴影为伍。下坡，
溪水般流过岩石，像一群鲑鱼游过
被压得咯咯响的马粪，阳光下燃烧的牛圈，
和皱着眉，身陷囹圄的黑教堂，
婴儿的钟声，从里面向外惊叫
像是让我们原路返回。据司机说，
按照往年的惯例，在山脚，
我们会感到自由。因此不要怕，
让主持人的美国口音，仿佛无家可归者
敲开庄园的大门，我们
像一群胸前戴白花的，熟稔
如何表达悲哀的扫墓人，在雨中
蘑菇般发霉。而我，像一个赛后
大汗淋漓，自知徒劳的运动员，
倚着烧焦坟场般的泳池
旁边的月桂树，几乎无能为力地
与它融为一体，直到我的焦渴
在阳光变幻的水中得到缓解，
并不安分地，在水粼粼的探视中
通过折断的树枝发出回音。

在皇帝头像前

当公交车的擦音
从街道的尼龙弦上刮过，
风的象牙拨片压紧紫衫的拇指，
让每一片叶子，犹如每一个音符，
即使缺乏明晰性，也彼此呼应，
像阿什贝利晚年的悼歌。
这里不是纽约，但我依然对空气哀悼，

119

对长着鸽子头发的石像睥睨，
尽管我明知他们眼神善于欺骗，
他们厚实的嘴，紧闭如水泥的大门，
里面囚禁上万个悸动的词。
每一个词，据每一块土砖
灰头土脸的文献记载，都曾是
我们之间犹太人的一部分。
我的暴君，对它们缺乏统治权，
而我的士兵束手无策，
像琴弦等待手的军令。
整个城市像一把吉他全副武装，
搁在想象力的仓库里，
它的沉默是某种不必要的债务，
稻草般压在他们的肩上，
当他们的统治结束，
被愚弄如阿特拉斯。

在码头区

六月，乌云的秃鹫紧盯着
这座城市的河道下水泻出的部分。
雨伸长脖子的垂涎，让新刷过漆的
异国小帆船不由得感到恶心。
在橙色贝雷帽的沉默中，海浪
榔头般敲击海平线，弄弯它的两头
以将其维持在望远镜的辖域里。
有些日子足以说明，岛屿的图纸作废了。
一群鹬鸟用它们饱蘸的、钢笔尖般的
喙记录随沙冲散的事物，其中
仍然保持完整的，如蟹壳蛮横而对称。
但你时常怀疑，生活并不缺少
浪费的激情所赋予我们的权利。
梦难以把握，就像小数点的后几位，

雨的输入法缱绻船坞键盘，
企图仅靠一根雨丝，就把港口
和它的过去连在一起。
而那些孤零零的，决心翻阅
大海文献，以给你虚构的未来远景
做出注释的黑嘴鸥，知道自己
其实不存在于时间中，而是
相反地赘述了时间。

穿过黑水镇

就让火车沿我们约定的
不断加长的公里飞驰，
穿过黑水镇，和那永不到来的
流星，让我们一去不返
如难解的问题，超越风
从对一棵树的朴素感情中
爆发的悲哀，而相似的
来自帕丁顿车站，那个卧轨者的
决心，当他合上书，关掉
夏天的皂荚树吊灯，

就让蝙蝠打开夜色可乐罐。
就让火车继续飞驰。保质期
如彗星般到来，似乎很遥远，
可新闻说，这些日子一定要小心，
它在我们来之前就埋伏好了，
犹如海面的浮标。另外某些时候，
你总能看见变局扭转着舵，
铁轨接踵而至，给飞散的海浪上枷，
尽管当事人并不同意，可能如评论者

所说，历史对变化的记录

比历史书更恍惚不定，
虽然雨一度安静得像它从未
下落，如风铃巧妙地
取悦着风以使它附着其中。
就让火车穿过这些一小撮云影
就能迷惑的城市，这些站台
上一次像潮水般涌来的时候，
你睡在哪儿？当浪花准备
和长有旗杆般双脚的白鹭竞赛，
报站员，脸疲惫如同一个破音，

而灵魂迫不及待地
掩饰，趁律令还未失效，
徒劳指挥着这场雨。
那尼龙的，地平线般
绵延不绝的音调，有的时候
这几乎让夜色不再甜蜜，
或者说，让你的大脑海水失去
褶皱如熨平床单。就让火车
把这儿当作它的终点，我猜你知道
问题的答案，于是给这场雨
涂满狂乱的符号。我已不能要求更多。

乌鸫鸟
—— 赠从安

在希斯罗灰色的，
狂犬病般发作的阵雨中，
我提好行李箱，用黑手套
欺骗，并遮挡远处天使光线的灼烧，
我的大衣覆盖的心灵
焦黑如烤肉架下的煤球，
爱的锡纸融化于它的舌头上，

混入海德公园的烧酒，热狗摊的冷气
和停机坪腋窝的温度计里，
水银环形上升如戴安娜喷泉。
而我身体的星期五，在长途车
结巴的旅行与周末无事可做的恐惧中，
几乎笨拙地，把醉醺醺的
眼球充血的月亮和在我体内
与我内心河流分道扬镳的火星混为一谈，
仿佛灵魂此刻故地重游，
寻找我失落在我不能赋予它形式的
由于一种知识的确切性
而随风摇摆的树丛中的，
那惊慌逃窜如乌鸫鸟的天赋。
有时也叫百舌，虽然一言不发，
但也好过欧歌鸫（远看像白脸树鸭，
槲鸫，或者垂涎的纵纹腹小鸮），
仿佛来自欧洲，却和笼子里的画眉押头韵。
我用全部的时间走在笼子之外，
走在它炭土似的雨与稀薄的记忆空气中。
据赫拉克利特说，我们所失去的一切
都与火发生着联系，而我所获得的，
如你所见，此刻都在哑雨中成为暂时之火。

卡吕冬狩猎
—— 赠朱雪颐

来自大都市的希腊神像们
缺少它的幽默。海闪烁釉光，
拉奥孔的蛇缆索般，垂入地平线
拖拽着这颗冰冷行星；
而半裸的维纳斯，如水手观测着风，
通过她在海浪阴影下
一架咸湿的目光想象群岛有多远，

123

123

如何与大陆保持间性联系，
尽管断断续续，风格却必须
连贯；像批评家们对我们的欢乐
呼出的泡沫偏爱泰然处之——
可无论是对你从它陨石般的脸上
瞥见的那无数匹因狂喜而战栗的流星，
还是在公里的加速消亡中，
对它生活波浪上鱼跃的呼喊
和马刀般弯曲的臀线，以及原始风度来说，
美，和它的悲剧性，一旦被确认，
就必然认同我们既是观众，又是它的发生之地。

诗建设

跨 界
Crossover

— 向京 —

1968年生于北京，1995年毕业于中央美术学院雕塑系。现工作、生活于北京。————

向京曾在众多机构举办个展，包括上海龙美术馆（西岸馆）（2017年）、北京民生现代美术馆（2016年）、台北当代艺术馆(2013年)、北京今日美术馆(2012年)、北京当代唐人艺术中心(2008年)及上海美术馆(2006年)。她的作品在世界各地广泛展出，并被重要国际机构收藏，包括北京中央美术学院、北京今日美术馆、上海美术馆、上海龙美术馆、香港M+博物馆、美国威斯康星州麦迪逊市的Chazen美术馆 (Chazen Museum of Art)、北京民生现代美术馆。————

人类在神性指引下的时代已经过去了

向京/比尔狗小组

地　　点：北京好食好色文化空间
访问者：比尔狗小组（狗子，高山，崔命，赵博）
被访者：向京
嘉　　宾：陈嘉映

赵博：向京，您信命吗？
向京：我信，特别信。

高山：那你说信命是什么意思？就是相信命运？相信什么事都是安排好的？
向京：对。

高山：比如说我努力了，但是达不到某个标准，真的就是没有办法，那种在命运面前的无力感，这个让您不得不去相信一切都是命运安排好的。
向京：小时候，肯定很多事情要抗拒，那种抗拒感会特别强，包括我做雕塑，它其实是来自于抗拒——我并不执着于雕塑本体，我并不执着于雕塑这个媒介本身，只是因为很早在做这个东西的时候，有人说雕塑现在很过时呀，就像架上绘画、架上雕塑这些东西，在这个观念艺术的时代已经无力表达什么了，我听着就觉得特别接受不了，我觉得艺术不是以媒介的先进论来判断当代或者不当代，当时我非要较这个劲，想要做点什么，年轻时候这种心态会特别强，不服一个事非要做出点什么试试，而且你要想证明一个事，你总得有点强度和深度吧，这不就一下花了20年。

高山： 我的天，那最后证明了？

向京： 反正就是你工作，做作品……现在没听到人质问我你这东西当代不当代，当然现在不再讨论这个问题了，它不是个热门话题了。

高山： 但这跟宿命有关系吗？

向京： 就是说我就这种性格，性格决定命运，我觉得就是这种性格导致我干了20年。

高山： 那您不断反抗，反抗到今天这儿的话，在您看来有效吗？

向京： 有效没效我觉得这也不归人说了算，而且我也并不知道自己的工作到底有没有价值。当然我自己有个相信的东西，或者说我有我感兴趣的方向，比方我做雕塑，它由问题而来，媒介只是一种语言，你会在这种媒介、这种语言的属性下、限制下去思考你面对的问题。比如说面对死的问题的时候，你拿雕塑能做什么，因为太多东西雕塑并不擅长做，可能换个媒介做更好，更适合。最近我做这本新画册的时候，跟民生馆的副馆长，也是一个女策展人，聊起来，她就讲到时效性的问题，她说我的作品没有时效性，不针对现在发生的新鲜事新鲜问题，她说很多艺术家，现在发生一个什么事件，他会针对这个事件去做一个回应。然后我就说，对于雕塑来说要这么快的回应不太可能，我们面对的这个时代翻篇太快了，咱们这个年纪，包括陈老师，经历的时代变化太快了，就跟活了好几辈子一样，在记忆当中择取的每一个切片，你都会觉得就像另外一生，反差太大了。所以你要是这么迅速地用一个媒介去呼应所谓的时效性的话，你不会选择雕塑。同时你就会反过来想，那么对于这样的时间概念，雕塑能做什么？我虽然并不执着于所谓雕塑本体，但我一定是在雕塑媒介的限制下，在它属性的限制下去工作，去想问题，所以我现在做很多东西还是围绕所谓更恒定的问题。

狗子： 你说雕塑不适合表达很多东西，你举点例子。

向京： 比方说911，我要去回应类似911这种突发事件，我就没那么快。很多影像类比如图片会反应得非常快，而雕塑，等我把这东西做完了，可能是明年了，这事已经不是热点了，很多铺天盖地的事情不断地袭来，这个意思。

高山： 我前一阵去意大利，印象特别深的就是雕塑给我带来的震撼，它的教堂都会埋着比较知名的人，然后看到那些名人墓上边雕的东西，还有就是看到米开朗基罗的大卫的时候，为什么成千上万的人，每天排大队就看这个，就看一眼，但他看一眼之后，就觉得确实有拔一下的那种感觉。

向京： 这个是我上次跟陈老师聊的话题里面特别重要的内容，就讲人在神性指引下的时代其实已经过去了，我们现在都是普通人，哈哈。

高山： 唉，那我觉得在这个时代，从我个人角度来说，我其实还是挺愿意看到在一个空间，不管是私人空间，还是公共空间，有触动你的东西。

向京： 是。但我是觉得这个时代，艺术很难再达到那个高度了，不仅仅是说雕塑，这也不是一个制度的问题或什么问题，就是神的光不存在了，人做事达不到那个高度了……当代人里边我已经算是工作狂了，但是单说工作量我还不够米开朗基罗的零头，米开朗基罗太吓人了，他又做雕塑，又画画，又做建筑，还写诗，而每个事都达到那样的高度。

崔命： 文艺复兴时期的巨头基本上都是全能的。

向京： 那个时候可能人性的状态不一样，似乎是有神性的引领，在某种程度上人被提升了，超越了普通人性的高度。

崔命： 你相对日常的身份是？

向京： 身份？我曾经当过老师。

崔命： 那个老师跟你艺术创作无关？

向京： 对。

赵博： 你的创作就是一种内心的表达吧。

向京： 算是吧。

狗子： 就是你已经习惯于用雕塑来表达你说的自我困惑这些东西。

向京： 还行，20年了也够习惯了。

狗子： 肯定除了烦之外，有什么东西让你一直没离开这行。又没什么外力督着你。

向京： 早年刚开始的时候就是出于那种较劲、不服或者叛逆心，然后你开始做的时候，你肯定是希望这个东西是成立的，你的理由是成立的，然后你会琢磨雕塑语言这个东西。我是1995年大学毕业，大学毕业晃里晃荡地做了几年，1999年就去了上海，离开北京之前那段时间脑子里非常的混乱，想得很多，那时候我做这么小的东西，架上雕塑，那个东西其实卖得不错。

崔岫： 它可以装饰。

向京： 对，家居摆设的东西。其实那时我脑子里有很多关于大雕塑的想法，但是因为在北京那段时间一直没有条件，没有工作室，我脑子里的东西也没成型。后来到上海之后整个人都安顿下来，在大学里面教书，他们给了我一个很小的工作室，然后我就开始做，这一做就一发不可收拾。从1999年到2002年做的第一个大一点的系列的展览，从这开始，我就给自己定了个特别强迫性的计划——三年要做一个系列，每当你做完一个系列的时候，你会觉得可能有些问题说得还不够到位，包括对雕塑语言的审视，然后你在准备下一批东西的时候，你就会想做一些更新的尝试和一些语言上的推进。这就让你无法停下来，你老是自我审视，不满意，再拼命想要重新开始。

狗子： 你的这类审视，主要是自我审视还是说更多通过别人对你作品的理解或批评？

向京： 肯定会有朋友讨论，但是这些讨论肯定得被自己消化下去，这东西会和你自己思考的系统合到一块，发酵之后才能转换成新的东西，肯定有些提醒是非常重要的，但是我想整个语言的推进和结构还是得靠自己去完成。所以就变成一个阶段、一个阶段，你做完一个阶段你就会对自己一大堆不满意，完了你就开始准备下一步的工作，一做又是好几年。就像西西弗斯每天要把石头推上山，没有退路。前面这二十几年就是在这样的轮子上转下来的，直到今年我咬牙跺脚说我想停下来，我也不是在演艺圈，我总不能说"退出"吧，我就说我暂停吧，否则我老说我不做不做，有一天又做了也挺丢脸的，我就说我暂停。

崔岫： 为什么要暂停呢？是确实烦了？或者说表达的动力不强了？

向京： 第一，我确实烦，因为我觉得雕塑让我已经厌烦了，我厌烦我的这种状态，我厌烦我几十年如一日，成了一个工作室依赖症患者，我厌烦这样的生活，陈老师频频点头，肯定跟我有同感的地方。其次呢，我特别清楚地看到了个人局限，就是我的局限性，因为我每次都想要做点新的东西，在雕塑语言上有个推进，但是到了今天，我觉得可能性特别特别小，我当然可能继续做一点什么，但是你又觉得这个空间特别小，就好像你离那个天花板越来越近。你会侥幸地暗自揣测这种限制可能是媒介带来的，就是你在雕塑语言里的表达力有限了，所以你就想，那我换一个媒介会不会激发出我重新创作的激情？

崔命：那就是说你可能会尝试其他类型的艺术创作？

向京：对，也是因为这种好奇心的驱动，从另外一个角度更想让我离开雕塑。

高山：从我直观地看你的雕塑，性是一个主题吗？能不能这么说？

向京：我觉得是性别吧，我有以性别为主题的东西，我还没怎么做关于性的，我虽然很想涉及这个问题，但是我目前还没有特别深入地做过，因为我觉得性这东西内化在很多其他问题里面，很难单独摘出来表现性的问题。

崔命：我再打断一下，还是回到刚才，那你有可能会选择什么样的艺术媒介？有想过吗？

向京：当然有，比如影像是我很喜欢的，但是我觉得这东西得有条件。

崔命：绘画呢？

向京：绘画绝对不可能选择，因为我对这个媒介完全没有兴趣。

高山：你实际上也在绘画，因为你所有的作品里面都在上色，上色过程能不能说就是绘画？

向京：我觉得跟绘画有本质上的区别，我觉得绘画是更神奇的媒介，你看这么多年，其他的媒介，包括雕塑，它们的边缘都在不停地被模糊掉，大家都在试图跨越媒介去做很多东西，但只有绘画，是在绘画本体价值里面，艺术家在不停地寻找，或者说求证所谓绘画的本体价值。我记得好像是前年，MOMA做过一个展览，题目叫作"绘画为什么依然是绘画，而没有变成别的东西"，其实它就是在讨论绘画本体性的问题。作为雕塑其实早已丧失它的本体性了，它已经被装置啊新媒体啊一类的东西模糊掉了，包括像博伊斯提出社会雕塑概念之后，雕塑这个东西几乎是没有什么自己的界线了。

崔命：你还没有对外界说过自己下一步的打算？

向京：因为我还没有特别清晰的打算，其实对我的人生来说，我此刻的功课应该是放弃计划，我以前太有计划心了，简直是强迫症，就是一定要怎样，一定要怎样，而且不仅仅定计划，还提前定好展览场地和时间，就跟考试到点必须交卷一样，到那点，你做完是它没做完也就是它了，特别较劲。所以我觉得我得上一课，就是放弃计划。

崔命： 你是试着把自己掏空看什么感觉。
向京： 对，找到一个未知的感觉吧。

高山： 您有没有自己毁过雕塑？
向京： 我没有那么矫情。

高山： 就是做一个就做了，没有故意地去破坏自己的作品。
向京： 我没有那种传说中的艺术家故事那样，比如突然间把自己的画全烧了，我有那种藏起来不让人看的，那是有，那个算吗？

高山： 我的意思是你是否有过对自己作品的否定？
向京： 那肯定有，觉得做得不满意，或者还没成立就不想拿出来。

崔命： 我想问，就是玻璃钢这种材质……
狗子： 我们这儿快变成美术课了……向京，你有宗教信仰吗？
向京： 没有，我没有任何宗教信仰，但我觉得我应该是一个有宗教感的人，或者说我有很多状态，特别像一个信教的人，但是我没有任何宗教信仰。我没有研究过宗教，所以我很难去判断，我只是自己觉得，宗教的前提是首先让你信一个东西，而这个让我信一个东西就很难，我觉得动自己脑子去想-问题还是挺重要的吧，所以我没法轻易信任何一个现成的东西。

崔命： 那你在你生活当中有没有类似宗教这样的替代品呢，比方说雕塑艺术？
向京： 艺术可以算吧，做艺术也是跟信教效果差不多，一方面你老是在琢磨这个东西的意义和价值，它的一种永恒感或者什么的，另一方面你也时常陷入一种巨大的怀疑，这可能跟信教的感觉是一样的吧。

向京作品
《Baby Baby》
玻璃钢着色、镜子、三角盆 Fiberglass, painted; mirror; three-sided basin
156cm×85cm×85cm
2001

高宣扬

法籍华裔著名学者，1957年入北京大学

哲学系攻读本科和研究生，跟随郑昕钻研康德哲学。

毕业后至中国社会科学院世界宗教研究所工作。1978年留学法

国，在巴黎第一大学获哲学博士学位，1983年任巴黎国际哲学研究院研究

员。1989年至2004年，先后在台湾东吴大学、北京大学、中国人民大学和中央民

族大学哲学系任教。2004年至2010年获"海外名师"，在同济大学哲学系任特聘教授兼

欧洲文化研究院院长，2010年至今任上海交通大学人文学院讲席教授（2018年聘为"人文社

科资深教授"）。

主要作品有：《当代社会理论》《后现代论》《鲁曼社会系统理论与现代性》《当代法国思想

五十年》《福柯的生存美学》；"高宣扬文集"十卷本，包括《存在主义》《新马克思主义导引》

《结构主义》《实用主义和语用论》《罗素哲学概论》《弗洛伊德及其思想》等；《毕加索与当代艺

术》《后现代：思想与艺术的悖论》《德国哲学概观》《萨特的密码》《利科的反思诠释学》《布尔

迪厄的社会理论》等近五十部专著。

诗歌语言现象学

高宣扬

一、 诗歌语言是诗歌的灵魂

　　有些人认为，探索诗歌的本质，就首先必须分析研究诗歌本身，甚至认为：诗歌的定义决定了诗歌的本质。从定义出发来分析诗歌，实际上就是在抽象的圈子里探索诗歌，就好像通过一个人的名字探索一个人的品质那样，其结果只能是原地不动，不会有成效的。

　　诗歌语言是诗歌的灵魂。一切诗歌都是靠其自身的特殊语言，展现其内容、风格和性质。诗歌语言的卓越之处，就在于它能够通过并超越语言而提升到优于一般语言的高度，灵活应用语言本身所包含的"可表达与不可表达"的悖论，使诗歌远远超出一般的语言结构和格式而真正成为富有生命力的思想文化载体，展现诗歌生命的脉络及其运动节奏。更确切地说，诗歌虽然通过语言，却又超过语言而实现一般语言所难以达到的目标，生动展现诗歌内在生命的诉求和自然欲望，以精微细腻和宏伟壮观相结合的气质，淋漓尽致和活灵活现地展现了诗歌生命与整个宇宙大生命系统以及其中不同个别生命体之间的活生生互动过程，展现生命本身在整个宇宙和不同个体中上下纵横演变及不断更新的微妙图景。

　　诗歌语言是诗歌生命的一部分，没有诗歌语言，就没有诗歌本身的生命；反过来，没有诗歌生命，也就不需要和不存在诗歌语言。所以诗歌语言和诗歌生命是相互依赖又相互渗透的统一生命体；正是诗歌本身的生命特征，将诗歌语言从一般语言中抽取出来，使之经受诗歌本身的生成而改造成为"超语言"的特殊语言。诗歌语言的声音、音律、节奏及其意义关系网络，直接流露了诗歌的生命运动及其动向。

所以，诗歌随其语言而飘动、靠其语言的负载而翩翩起舞，显示其活灵活现的生命本质、表现出它的风格和意境，也由此展现其审美魅力。正如德国文学和诗歌评论家沃尔夫冈·门策尔(Wolfgang Menzel, 1798-1873)所说，"诗歌就是舞动在世界花丛之上的蝴蝶"(Die Poesie ist der Schmetterling auf der Blume der Welt)①。

沃尔夫冈·门策尔把诗歌比喻为花上的蝴蝶的论断，揭示了诗歌语言与世界的双重关系：诗歌语言源自世界和自然，与世界和自然保持紧密关系，却又与自然维持忽近忽远的动态式关系，只在世界和自然的上方保持不确定的距离，旨在表达诗歌迷恋世界与自然、却又不屑与其合而为一的豪迈志趣，表现出诗歌本身的"舞动"生命状态及其寻求自由自在生存方式的宏愿壮志，同时又保留其迷恋自然故乡的"乡愁"情怀，使之永远环绕世界花丛而飘忽不定，在其维持弹性距离的限度内，纵情享受生命之美。

探讨诗歌语言是把握诗歌的本质及其创作基础的基本条件，同时也是诗人是否能够有效地激荡起诗歌鉴赏者心中的美感的一个重要条件。这也就是说，诗歌语言的性质及其应用技巧，关系到诗人的创作质量及其效果，实际上就是关系到诗歌本身的生死存亡的命运。

二、诗歌语言现象学的基本目标

诗歌是内含自身生命的思想文化生命体；所有的诗歌，如同原始音乐和原始神话那样、也如同原始艺术那样，无非就是人类生命的最原始的自我反思和自我超越的产物。尽管不同时代的诗人创造了无数动人的诗歌，但就其本质而言，所有的杰出的诗歌，都是原始诗歌的翻版。换而言之，一切真正成功的诗歌，不论在什么时代，都源自它们再现了原始人试图通过创作而实现自我超越的最初生存状态，集中表现了原始诗歌的韵味、氛围、情趣和风格，都是原始诗歌所应用的诗歌语言的不折不扣的重演结果。

诗歌离不开人类生命，离不开生命自身的自我创造精神，离不开生命及其基本特征：刚健中正，运行不止，应化无穷，无时懈倦，上下无常，一屈

---

① Wolfgang Menzel, Streckverse, bei Christian Friedrich Winter, Heidelberg 1823, S. 8.

一伸，刚柔相错，生生不息。诗歌的生命力确保了瞬时间创造出来的诗歌，能够一代又一代地被传颂，而诗歌生命的基本精神也随着传颂过程的延续而更新无穷。

诗歌创作的最大难处，就是要求诗人真切表现生命自我创造的自然性质，既身处当代，又回溯人类原始状态，善于把握身处历史间隔的"生命情态"，善于把生命中的身心关系放置在"历史与当代"的悖论中，使本来的"身心一体"，变成游动中的"身心一体"，即使之转化成身心两者之间忽近忽远相互牵制的原生态，从中抓住"过去/未来/现在"时空维度的"长过程/瞬间距"的矛盾，使自身生命在当代与历史的来回运动中，触动并发挥生命的创作灵感。

诗人的伟大使命，就是把握生命的意义。生命是非常复杂的生成运动系统，它始终是静态和动态、能动和被动、自动和互动以及有形和无形的交错混合的运动变易过程，不断实现生成和创新、诞生和死亡、存有和虚无、成长和衰竭、和谐稳定和瞬间突变的双重交错变易，从内外两个方面包含着"可见"与"不可见"以及"有形"与"无形"的多种运动变化形式，以其"实际和潜在""敞开和遮蔽"的双重存在方式及其相互交替转换的运动"迷阵"，在最复杂的时间和空间结构中，贯穿着生命本身"独立自主"和"共生互动"的双重实践，一方面在每一个体生命自身的有限维度中，实行其独一无二的生活和创新逻辑，保证各个体生命的自身系统整体性及其存在的同一性和连贯性，确保其各自独具风格和富有个性的个体生命的不可取代的特殊身份及其个体生存的尊严，也就是确保各个体生命的生存价值及其特殊创造精神；另一方面又在其自身有限生存的维度之外，与维持自身生存所必需的周在生态系统，特别是与其周在自然环境，与其他个体生命之间，连接成复杂的整体和谐交融过程，以"你中有我和我中有你"的共生混存的命运共同体运作逻辑，灵活实行个体生命之间以及个体生命和整体宇宙生命之间的相互开放和互补策略，既确保生命"个体"及其"类存在"的优化生存及世代繁衍的可能条件，又确保宇宙整个生命体有系统性地按规律运作，尽可能朝向生命存在的"全息连接"和共同发展的理想境界发展，形成整个宇宙生命共同体与有限世界内各个具体生命体之间的和谐关系网络，使生命自身通过"有限生存"和"无限循环更替"的交错发展，确保"生命之道"的完美实施。

人类的最早祖先对于生命的如此奇妙复杂的自我创造过程，始终抱着天真朴素的态度。他们面对自然，同样也不加掩饰和不加伪装地真诚相待，以其自然的态度面对生命的自然状态。所以，在原始人那里，当他们对自己和对周在事物产生质疑而对自身生命进行反思的时候，他们就使用最接近自然的原始象数结构而创造出最原始的音乐、神话、艺术和宗教礼仪，试图表达他们对自身生命及其与自然的关系的含糊观念。

在这种情况下，原始人还没有学会进行主客分离和自然与文化的对立策略，他们的任何创造，靠的是集体性的无意识活动及其重复来回运动的体验，如同集体的无意识的梦那样，通过难以计数的反复探险实验，把集体的生命实践智慧，逐渐积累和加工提升，创造出无数既没有作者也没有固定内容和形式的原始神话、诗歌、艺术、宗教仪式等作品，再经历无数世代的历险实验，才逐渐走出从自然到文化的过渡时期，慢慢创造出具有固定意义的作品。

诗歌语言现象学试图通过对原始诗歌语言的溯源探索，旨在原本原貌和原汁原味地展现诗歌的生命本身。

要探索诗歌语言，不能从现成的诗歌语言中开始。现成的诗歌语言已经赤裸裸地作为一种不动的文字结构呈现在它所呈现的地方。如果仅仅从可见的现象来看，已经呈现在我们面前的诗歌语言，无非就是那些由特定作者撰写，按诗歌格式陈列的诗歌作品。但，那是诗歌语言吗？诗歌语言现象学所要揭示的，恰恰是在这些表面呈现在读者面前的诗歌文字背后的"活"语言，它们早已被表达出来的诗句堆砌物所掩盖，甚至早已被扭曲成死板的语句"结构"，经各种不愿意进行反思的读者们的反复背诵，而"异化"为语词锁定的"棺材"，或者，成为可以被人们传来传去的"装饰品"，成为有名有姓的特定作者的"文化遗产"。

换句话说，已经成为现成诗句的诗歌语言，实际上成为一般语言或普通语言的牺牲品，因为诗歌语言原先生气勃勃的创作精神被压抑在一般语言中，被人们想当然地传播开来，造成越来越不像话的误解，把诗歌语言理解成可以背诵的死语言。在这种情况下，一般语言成为"遮盖"或"遮蔽"诗歌语言的帮凶，让原来富有创造精神的诗歌语言在普通语言的传播过程中变成生活的工具或日常生活游戏的中介物。

所以，德国诗人荷尔德林（Friedrich Hoelderlin, 1770-1843）早就警告诗人：语言是上天赋予人类的富有危险性的财富（ist der Güter Gefährlichstes）[①]！为什么语言这个财富会成为"最危险的"？荷尔德林在《林

---

① Friedrich Hölderlin, Im Walde, in Friedrich Hölderlin Oeuvre poetique complete, Texte etabli par Michael Knaupp, Traduit de l' Allemand par Francois Garrigue, Edition bilingue, Paris, Editions de la Diffenrece, 2005: 506.

《中》一诗中说：

> 最危险的财富，语言，
> 一旦为人类所掌握，
> 他就因此进行创造和毁灭，
> 反复沉落、又回归于
> 朝向永生之邦的道途，
> 朝向女神和母亲，
> 以便显示
> 他借此遗产，有可能向女神
> 获取最神性的能力，向她学习
> 成为
> 一切现存事物的爱的守护神，
> 爱情女神。

> (der Güter Gefährlichstes, die Sprache dem Menschen
> gegeben, damit er schaffend, zerstörend, und
> untergehened, und wiederkehrend zur ewiglebenden,
> zur Meisterin und Mutter, damit er zeuge, was
> er sei geerbt zu haben, gelernt von ihr, ihr
> Göttlichstes, die allerhaltende Liebe)[1]

　　这就告诉我们，语言本身，作为人类掌握的珍贵本领，同时又是最危险的财富，因为语言有可能引导人类无止境地超越原有的界限，甚至自以为是地将自身当成最高的爱、最高的神。用海德格尔的话来说，人类原本以语言作为"存在的家"，但语言一旦被使用，就打开了通向世界之路，而这样一来，世界上各种各样的"存在者"，就可能蜂拥而来，既围困他们，又引诱他们，把原本作为存在基础的人的存在本身，同各种"存在者"混淆一体，同时

---

　　① Friedrich Hoelderlin, Im Walde, in Friedrich Hoelderlin Oeuvre poetique complete, Texte etabli par Michael Knaupp, Traduit de l' Allemand par Francois Garrigue, Edition bilingue, Paris, Editions de la Diffenrece, 2005: 506.

也使人的欲望膨胀起来，试图拥有越来越多的存在者，盲目吸纳各种"存在者"，人类因而失去了理智，冲昏头脑，在"存在者"的包围中沉落，却又反以为自己"万能"。

要使人自己苏醒过来，唯一的途径，就是进行"思"与"诗"的对话①，探明语言运载人类生存之道的基本条件，清醒地辨明人类经验中的"存在"与"存在者"之间的差异，从而坚定导向存在原道的决心。

这就要求"返回"原始状态，回忆并再度体验怀抱于自然母体的温暖情怀，在人类理智的"胎儿"状态，回顾人类最初试图超越自身和超越世界所遭遇的困境：好奇、犹豫、烦恼、忧虑、恐惧及向往冒险逾越的精神等。

人类能否实现这种几乎类似冒险的试探？唯有创作诗歌，通过创作诗歌语言的探险实验性游戏，方能检验人类的真正创造能力、潜力及其限度，也才能体验超越限度和逾越界限的那股"又爽又惊"的矛盾精神状态。正是在这种难得的状态中，人类又一次体验生命自身与自然相通而飘荡不定的自由气息。

荷尔德林为此说过："凡存在危险的地方，被拯救的能力也同时增长。"(Wo aber Gefahr ist, wächst Das Rettende auch)②

诗人应该清醒，在任何时候和任何地方，当创作欲望爆发出来的瞬间，就必须同时掂量诗歌语言的分量及其恰当存在方式，借此掌握语言与存在的妥善关系，尽可能返回存在和语言的原初关系，设法尝试最原始的人类存在与语言的混沌模糊状态的性质，体验当初人类在"存在"与语言的原初关系中的游戏过程。

这就要返回当初人类从自然导向文化的无限反复过程，不只是宏观地复返原时原地，还要品尝当时进行创造时的充满苦恼的原始精神状态。

什么是人类文化原初创作中的鲜活精神状态？荷尔德林以艺术为例说：

艺术是从自然向图像以及
从图像向自然的过渡

---

① Martin Heidegger, Erlaeuterungen zu Hoerderlins Dichtung, in Gesamtausgabe Band 4, Hers. Von Friedrich Wilhelm von Hermann, Vittorio Klostremann Gmbh, Frankfurt am Mai, 1981: 2.

② Friedrich Hölderlin, Gesammelte Werke, Eugen Diederichs, Bd. 2, Gedichte aus der Zeit der Reife, Patmos, 1909: 347.

(Die Kunst ist der Übergang

aus der Natur zur Bildung,

und aus der Bildung zur Natur)[1]

由此可见，返回诗歌创作的原初状态，就是返回人类创造艺术的最初状态，就是返回人类从自然过渡到文化的最原初"在场显现"之情状，在那里，发生过并将继续反复发生"来回运动于自然与图景之间"的游戏过程，人类为此困扰于寻求确切表达创造欲望的途径，试图以种种图景和象数形式的象征性中介媒体，解决当时表意之苦。

在中国思想文化史上，王弼很早就把握了《易传》"立象以尽意"的中心思想，他指出："夫象者，出意者也；言者，明象者也。尽意莫若象，尽象莫若言。"[2]显然，在王弼那里，"象"高于"言"，言的功能只是为了"明象"，因此，"言"只作为工具；只有"象"才有可能表现极其丰富而深邃的"意"。既然意在象中，是"象"表意，因此，"象"才是关键。接着，王弼指出："忘象者，乃得意者也；忘言者，乃得象者也。得意在忘象，得象在忘言，故立象以尽意，而象可忘也。"[3]

作为人类文化的最初方式，艺术创造是人类试图摆脱自然状态而走向文化的第一步尝试。诗歌语言就是自然与图景间的游戏缩影，不但显示人类创造在自然与图景间的犹豫和超越的矛盾精神，也展现创作者当时与自然万物保持特定关系的氛围。

所以，诗歌的生命源自诗歌语言：诗歌生命与诗歌语言同生共处，相互包含及相互转化。当诗歌处于萌芽状态，诗歌语言的花朵，也处于含苞待放阶段：当时，诗歌与诗歌语言共处于"昏迷"中，等待自身在同世界的遭遇中苏醒过来。原初阶段的诗歌语言，就像原始神话和原始音乐那样，没有固定的语音及其与意义的固定关系。它们蠕动于生命的胚胎中，尚需"万物之灵"的创作，启动原初的诗歌语言，同原初神话和原初音乐一起，在生命遭遇世界的过程中，分分秒秒地感触它们自身同世界相遭遇的境遇氛围，在反复品

① Widmunung im Hyperion für Prinzessin Auguste von Hessen-Homburg, in Friedrich Hölderlin, Sämtliche Werke, Frankfurter Ausgabe, Band 20, Hrsg. D. E. Sattler, Stroemfeld Verlag, Frankfurt am Main/Basel, 2008: 84.

② 王弼《周易略例·明象》。

③ 王弼《周易略例·明象》。

尝和掂量相互感触带来的生命体验之后，逐渐启迪深藏在生命灵魂内部的超越欲望，朝着全方位的发展方向，尽可能寻求生命自我超越的途径和具体形式，实现其更新生命内涵的探险实验和超越游戏。

原始语言、原始神话、原始音乐、原始宗教、原始艺术等，在最初阶段是没有差异、没有间隔和没有固定形式的人类原始创作活动。它们在相通中逐渐分离开来，各自以特殊形式，朝着各自选择的方向和目标，实现各自特殊化的创新过程。

但是，尤其重要的，不是神话、语言、音乐、宗教和艺术之间的"内容/形式"的逐步分离，而是不论在何种情况下，它们的创作过程都一致地必须通过一段漫长的和反复的"梦游"过程。"梦游"是历险活动，是试探性试验，也是人类思想文化逐渐走向复杂分化的过程。所以，"梦游"不是目的，而是走向选择诗歌语言的过程，诗人选择的诗歌语言将充分表现"梦游"阶段的精神状态。诗人创作时的精神状态决定了诗歌语言的性质、质量和风格。

陆游很喜欢使用"悠悠"两字，不但表达他内心寻求悠然自得的强烈欲望和志向，而且也讴歌在实际生活中偶尔出现的悠然飘忽的游荡不定状态。那是一种理想的生活境界，也是生命追寻的自由快乐目标。在陆游现存的近万首诗歌中，"悠悠"两字反复出现，不计其数："百年殊鼎鼎，万事只悠悠"；"贫舍春盘还草草，暮年心事转悠悠。湖光涨绿分烟浦，柳色摇金映市楼。药饵及时身尚健，无风无雨且闲游"；"少年富贵已悠悠，老大功名定有不。岁月消磨阅亭传，山川辽邈弊衣裘"；"帝阍守虎豹，此计终悠悠"；"税驾名园半日留，游丝飞蝶晚悠悠"……"悠悠"的反复出现，不只是表明生命自身在期盼和无奈之间的生存漂浮状态，也表达诗人自身坚持"可望而不可即"的自由目标的唯一可行的选择。

三、诗歌语言优于一般艺术语言

诗歌当然要通过诗歌语言来表达，更要通过诗歌语言来呈现诗歌本身的真正价值。诗歌不像视觉艺术，因为视觉艺术可以回避一般语言的规则，进行艺术范围内的自由创作。当然，视觉艺术也和一般艺术一样，存在艺术语言的问题，也就是说，艺术创作归根结底还是要运用自己的特殊语言，作为作品指向其目的之手段。但一般艺术所指涉的艺术语言，已经不是严格意义的普通语言，而是与一般语言既有联系又有区别的"艺术语言"，它只是有效于艺术作品所关系到的领域，通常往往是艺术家本人在其创作中所创造出来、又用于展现其作品的特殊意义世界，因此它也往往与观赏这类艺术作品的艺术鉴赏者群体的鉴赏能力相关联；另一方面，一般艺术语言也不同于诗歌语言，因为艺术所寻求的特殊语言，只是艺术本身表达其内在意义的手段，它并不一定符合诗歌意义表达的标准。何况艺术本身也不同于诗歌，因为诗歌是唯一把语言、哲学、艺术、宗教和生命联系在一起的人类生存形式，诗歌也是语言、哲学、艺术、宗教和生命联系在一起的基本标志。正因为这样，唯有诗歌语言有资格被称为"存在本身"：诗歌是"存在"的自我涌现、自我创造和自我超越的理想途径。在这种情况下，所谓"诗歌语言"就是一种直接指涉"存在"的"纯粹语言"。

作为"纯粹语言"，诗歌语言可以忽略一般语言所要求的意义表达规则，也同样可以回避一般艺术语言的基本规定。"纯粹语言"集中显示了诗歌语言的本体论意义和价值。

所以，诗歌语言恰好表达了生命内外超越的原始欲望和意愿。《说文解字》说"诗，志也。从言，寺声"，又说，"志，意也，从心，之声"。"志"和"心"就是生命之魂。这样一来，诗歌语言就是诗人生命之表露，也是诗人生命自身不断进行自我创造过程的自白。正是通过诗歌语言，诗人生命中，不仅维持"诗""志""意""情"之间的紧密关系以及它们之间的相互贯通和相互转换的可能性，而且也将诗人的生存现实与其历史和未来联系起来，保障诗人及其诗歌语言永远保留和不断扩大其存在的时空维度，并在上下左右内外各方面，都具有发展和回缩的可能性，保存其自身在"确定"与"恍惚"之间的游动性质，使自身随时有可能逃避各种限制，悠然自得于由自身控制的游戏状态。

艺术语言不同于诗歌语言，因为艺术语言所要表达和呈现的，是艺术作品的内容及其意义。所以，艺术语言有其自身的运作逻辑，它同一般语言逻辑既有交叉，又有差异。正是艺术语言的这种特殊性，使艺术家可以凭借自身的艺术创作需要而创建适合于它们自身的特殊艺术语言；也就是说，艺术家所使用的艺术语言，在很大程度上，不是依赖于一般语言的通则，而是决定于艺术家个人的创作意愿和创作风格。所以，艺术语言与其说属于一般语言，不如说属于艺术创作的风格本身。在这个意义上说，艺术语言就是艺术创作的灵魂和艺术的生命，是艺术本身的一部分；而在一定意义上说，艺术语言就是艺术，艺术语言构成了艺术生命的一部分；换句话说，艺术语言等于艺术，或者，反之亦然，艺术是靠艺术语言而存在。而这样一来，艺术语言就成为艺术创作欲望和意图的宣泄通道，在它那里浓缩了艺术创作的主要奥秘，也因而包含了艺术创作的特殊密码，有待艺术家不断地通过持续的创作而连续注入新的精神密码，并由此不断地随创造的进度而更改语言中的密码；与此同时，更有待艺术鉴赏者以其特殊体验进行解码，以便达到艺术家与其鉴赏者之间进行活生生的对话的目的。

显然，艺术语言中的创作密码，并非固定不变，更不是死板僵化，而是在创作进行中不断重组和重解，使之在反复重组和重解的过程中，实现多层次和多维度的艺术语言的完善化的过程，并以特殊的艺术语言结构，将艺术作品一再地提升到更高境界。

艺术语言的这种特点，使艺术语言比一般语言更接近诗歌语言。所以，研究艺术语言是走向诗歌语言的必由之路；谈论诗歌语言现象学，也势必涉及艺术语言的现象学，问题只是在于：艺术语言是包括诗歌语言在内的一切艺术的语言，但它又同时区别于贯彻于诗歌创作中的诗歌语言。

更确切地说，诗歌语言比艺术语言更具有内在的矛盾性，更接近人类精神活动所通用的各种无声的语言的性质，更接近发生在思想王国中的思想特殊逻辑，更渗透于人类生命深处的心灵和情操的无形王国，因为诗歌所表达的，正是人类生命的深切情感与强烈欲望，更深层地标志着人类心灵的复杂运作奥秘。在这个意义上说，诗歌语言又比一般艺术语言更富有生命的脉动声音和节奏。

诗歌语言比艺术语言更加精细浓缩，同时又涵盖天地人广阔的关系网络。且看法国诗人路易·阿拉贡写的《艾尔莎的眼睛》：

艾尔莎的眼睛
你的眼睛如此深沉，
令我情不自禁痛饮美酒
我望见
所有的阳光焦距其中
使一切绝望
均消逝无踪
你的眼睛如此深沉
使我丧失记性

鸟群掠影下
乃是骇浪滔滔的海洋
一旦天空晴朗，
你的眼睛蓦地变幻
夏季以露裸的自然

为天使们裁剪衣裳
天空从来没有如此湛蓝
呈现在麦浪上。

(Les Yeux d'Elsa
Tes yeux sont si profonds qu'en me penchant pour boire
J'ai vu tous les soleils y venir se mirer
S'y jeter à mourir tous les désespérés
Tes yeux sont si profonds que j'y perds la mémoire

À l'ombre des oiseaux c'est l'océan troublé
Puis le beau temps soudain se lève et tes yeux changent
L'été taille la nue au tablier des anges
Le ciel n'est jamais bleu comme il l'est sur les blés)[1]

　　这首诗的感应力量，源自作者对艾尔莎的真诚的爱情，使之超出个人抒情的狭隘范围，蓦然呈现天地人和谐关联的美丽景象，传神写出发自艾尔莎眼睛所拥有的生命深海低层的奇妙光芒，使人顿时被带入飘荡不定的天空与大海之间，享受最高的审美飨宴。

　　显然，诗歌是离不开语言的文学，也是离不开语言的艺术，更是离不开语言的人类生存之道。但是，从另一方面来看，诗歌又不是绝对单靠语言神秘力量的最高艺术。诗歌既靠语言又超出语言，使诗歌从语言的存在解放出来，以便寻求能够真正熟练驾驭语言的艺术，把诗歌自身从语言的纯粹王国解脱出来，诗歌也就因此有可能成为语言的主人。

　　所以，探索诗歌语言还要同时探索诗歌语言与文学语言、艺术语言和一般语言以及人类生存基础的相互关系。

四、中国诗歌语言的渊源及其民族特殊性

　　在中国思想文化史上，在中国文学史和诗歌史上，文学家、艺术家、哲

---

① Louis Aragon, Les Yeux d'Elsa, Paris, éd. Seghers, 1992.

学家和诗人们都一直关注艺术语言和诗歌语言的问题，也试图由此揭示艺术和诗歌的性质及其创作途径。

在中国思想文化史上，早已记录了最初借用图景而走向语言的素朴而又曲折的道路。《易经》生动地描画了中华民族创造自身独特文化的原初状况。研究《易经》的马宝善先生指出："早在中华汉文字产生之前，远古先民就创造过各式各样的图形、符号，以便思想交流，并对其生活、劳作发挥过重要作用。其中让天下人产生共鸣，并传承几千年之久的《易经》符号，就是其中的佼佼者。""伏羲氏'仰观、俯察、远取、近取'，一画开天，一阴一阳（－－、—），进而两仪、四象、八卦，并64卦384爻，将一个天、地、人三才之道，对宇宙大自然有如此深刻认知的符号表述系统，展现在世人面前。"①接着，我们的祖先持续不断地在图景与自然之间反复游走思索创新，他们"顺象而辨，觉也；顺数而析，明也；顺义而释，知也；顺理而通，智也；顺道而行，德也。"②

《易经》很早就完整而系统地揭示宇宙自然万物的象数特征，说明人类在创造文化的初期，在他们创造语言文字之前，机智地洞见万物的象数结构及其自然意义。原始人从他们面对的自然万物中看到的，最先是"一片混沌"，是不分差异的"一"，他们后来称之为"太极"。为此，《说文解字》开宗明义："惟初太极，道立于一，造分天地，化成万物。"③"太极"作为"一"，就是无穷万物的"元祖"，是天地、乾坤、刚柔、阴阳、理气等各种各样相对元素的总混合体，也是千差万别的万物的原初母体。

"混沌"的太极，隐含了一切隐蔽的意义系统，只有人类才有可能从混沌中辨别万物最初的"象"和"数"，并由此逐步揭示自然万象和自然数内部隐含的万物运行密码，即宇宙万物所遵循的自然规律。

由此可见，我们的祖先不是孤立地把人同天地万物割裂开，而是顺着"天人合一"和"天地人三才"的全方位和谐运通逻辑，把"天道""地道""人道"联成相互循环系统，使人的生命与天地生命相互交通，在生命与万物自然运动发生共鸣的基础上，把握一系列最优美、最壮观、最动人的动感细节，在长时空维度和精细微观结构相互交错的瞬间，抓住人类心灵发出的多重共振心

① 马宝善著《易道·德行说》，北京，人民出版社，2013：1。
② 马宝善著《易道·德行说》，北京，人民出版社，2013：3-4。
③ 许慎著《说文解字·第一上》。

声，推动自己通过各种实验和探险性校正和协调，创造出内含层层比喻、暗喻、借喻、隐喻、反喻的语言系统，把"可表达／不可表达"的悖论纳入语词总体，尤其集中到最初的诗歌语言总汇宝库中，作为原始语言基础，创造我们特有的思想文化，使之永远充满生机，生生不息，创新不止。

中华民族的最早的诗歌语言，就是在这种特有的自然和社会环境中形成和发展的。集中在《诗经》中的古诗三百，把我们领回中国古诗语言的创造现场。

《诗经》中的每一首诗歌以及其中的每一段诗句，都值得我们反复玩味鉴赏而受益无穷。且以《周南·卷耳》为例：

> 采采卷耳，不盈顷筐。嗟我怀人，寘彼周行。
> 陟彼崔嵬，我马虺隤。我姑酌彼金罍，维以不永怀。
> 陟彼高冈，我马玄黄。我姑酌彼兕觥，维以不永伤。
> 陟彼砠矣，我马瘏矣。我仆痡矣，云何吁矣。

这首诗告诉我们，在荒郊野岭的天地间，一位深爱丈夫的妻子，一边采集卷耳，一边思念远行的丈夫，真挚之爱，使她浮想联翩，心神不宁，感天动地，衬托出天地人三方的宏伟交感情态，个中内含之情义道德至深，在妻子不停地怀念之时，每一瞬间都升华为永恒的爱情力量，飘荡在巍巍苍空，气贯万里山河风云，弹拨起人间情人心中的动人心弦。此情此景，唯有《易经·咸卦》生动而深刻地描画出来："天地感而万物化生，圣人感人心而天下和平。观其所感，而天地万物之情可见矣。"

中国诗歌语言，从一开始，就不满足于集中表达个人情怀，而是从"天地人"高度和视野，试图把一切有感而发的情义志的因素，统统纳入辽阔宏伟而又至深无底的时空，让诗人和诗歌鉴赏者都能够来回反复体验诗歌语言所运载的无穷意义。

孔子在谈到中国早期集中表示诗歌意义的经典《诗经》的时候说："诗三百，一言以蔽之，曰：思无邪。"[①]正确理解孔子所说的"思无邪"，必须联系孔子在《周易》中所表达的"天地人三才"的基本观念，在更广阔的宇宙自然的视野中把握其原初自然的意义。所谓"思无邪"，用我们现在的语言，就

---

①《论语·为政》。

是最自然、最淳朴和最原初的"思"，即发自天然人性的人心，未添加任何超自然因素、又直接表达情、意、志的原本倾向，赤裸裸地展现人心之所向、所爱、所欲、所求，把真正处于原始状态的人性展现无遗，从而也把人与宇宙自然天地万物联系在一起，显示诗歌生命本身的自然性质。

按照孔子的思路，诗歌这种触目惊心的功能，可以扩大提升成为表达和统领人的内在心意的文化力量，并使之朝向增强群体意识和团结命运共同体的方向，协调社会文化思想，全面反映"天地人"统一生命体和谐共处的生机勃勃的生活世界。为此，孔子等儒家学派首先致力于发挥诗歌的"乐"的功能，把它与引向"礼"的社会制约力量联系起来，强调"兴于诗，立于礼，成于乐"①。

从上述儒家传统诗论的基调，可以看出诗歌语言的内在和外在功能及其相互关系性。诗歌语言把诗歌内外两方面的本质因素连贯在一起，集中显示诗歌语言的形成及其应用，都是诗人本身生命活动在广阔宇宙自然世界中的真切流露。

诗人的生命是一种无休止寻求自由超越的"存在"。诗人具备常人所缺乏的通向自由的特种敏感性。这种敏感性，一方面表现在诗人对宇宙万物及其本身的生命的特殊感触能力，另一方面又表现在诗人在表达或反映生命运动的语言使用中，显示诗人在应用语言方面的优异技巧和卓越能力。

实际上，生命之所以无止尽地试图超越自身和超越外在世界，就是因为生命在本质上原是自我创造、自我组织和自我革新的生存能力，而这股力量又是现实的创造力和潜在的创造力的合成生命体，它是永远处于紧张关系和充满张力的创造力和组织力的系统，是立足于现在而永远朝向未来的潜能。生命为此一方面试图最大限度发挥现成力量，另一方面又试图把它同追求未来的潜力结合在一起，在必要时，甚至不惜代价地损耗自己积累在历史中的潜力，形成埃尔温·薛定谔（Erwin Schrodinger，1887-1961）在《什么是生命》一文中所说的"负熵"（Negentropie）现象，强调生命无非就是通过输出"熵"而使自身维持"负熵"状态的伟大壮举。也就是说，生命从来都是靠"自我燃烧""自我耗尽""自我付出"和"自我奉献"的新陈代谢过程，来实现生命自身的"生生不息"。

诗歌创作在使用诗歌语言的时候，必须充分考虑到生命自我表演的这

---

① 《论语·泰伯》。

一要求。诗人的高贵之处，就在于敏感地感受到生命自身实现自我超越的欲望；而且，诗人还进一步寻求一切可能性和发挥一切潜在的能力，使生命寻求自由的敏感性展现得淋漓尽致，以至于不惜一切代价换取生命的自由。

所以，真正的诗人，并不是把写诗当成自己的"职业"，也不会奢望自己成为"专业的诗人"，因为真正的诗人只是需要使自己"参伍以变，错综其数。通其变，遂成天下之文；极其数，遂定天下之象……易无思也，无为也，寂然不动，感而遂通天下之故"①。

真正的诗人是表达思想创造自由的代言人，他的"诗人"桂冠，不是自行加冕的，而是诗歌语言的熟练应用者，尤其是思想创造的带头人和先行者。

荀子在《儒效》中说："诗言是，其志也。"②人不同于动物的地方，就在于有情有义；有情有义，就把自然的情感同人类志向、道德和责任联系在一起，就要从整个社会和文化的角度谈论情和义，也就要把情和义从个人范围导向社会，并进一步与整个宇宙自然联系在一起。所以，诗歌中所表达的情和义，不再是个人范围内的事物，而是"天地人"统一体的大爱精神。在这种情况下，诗歌语言担负起难以推卸的至高无上的重任，应用诗歌语言的诗人也自然成为"天地人三才"的真正代言人。

---

① 《周易·系辞下》。
② 《荀子·儒效》。

向京作品
《妆扮 Dress Up》
玻璃钢着色 Fiberglass, painted
118cm × 202cm × 120cm
2015-2016

诗建设

笔记

Notes

晚期风格及其它（札记）

耿占春

人会随着年龄变得更智慧还是更愚蠢？更有信念还是所有的信念都磨损一空？毫无疑问，一个真正的艺术家和思想者应该能够在其晚期阶段获得作为时间与经验之结果的独特的感知特质和形式。就像萨义德所说的，"我们在某些晚期作品里会遇到某种被公认的年龄概念和智慧，那些晚期作品反映了一种特殊的成熟性，反映了一种经常按照对日常现实的奇迹般的转换而表达出来的新的和解精神与安宁"。不仅是艺术家，回想过去时代乡下的老人也会令人信服的确存在着一种晚期风格：不是作品，而是一个人成为作品自身。或许这不是一般的和解精神，而是认知与理解的充分扩展；不是沉寂般的安宁，而是音乐中所涌流出的那片刻的安宁。

在最终的时刻你是一个彻悟者还是一个深陷时代雾霾中的殉难者？但我似乎看见了你最后时刻带着轻蔑的、嘲讽的微笑，如果不是一阵狂笑的话。因为一个哭泣的人是不会如此赴死的。

为什么不给自己一个晚期？给生命一个晚期，即使仅仅为着给写作一个"晚期风格"？为什么不怀着青春的期待一样，为岩石一样的晚期风格而愉快地期待着肉体生命的逐渐衰老？我保留好奇的意志。

此刻，每个人都会发生时代认知的错乱。整个社会观念系统中的精神分裂，化为历史的断裂，个人与社会的分裂，每个人内心的认知错乱。此刻，一年开始之际给予人们的梦幻期待消逝了。时间几乎不会重新开始了。初始时间、初心、夙愿，消逝在结束一切的冬天的雾霾里。

一个面部瘫痪的面孔。年迈的躯体及其内脏下垂，是一个人的意志无法控制的。他已经完全失去了对自己面部肌肉的控制，任其坍塌拥挤在一起，变得难以辨认。一个人在年富力强时有效控制面部每一丝肌肉使用微妙表情的那种能力，彻底消失在面部的无意识坍塌之中了。一座废墟还有时间、历史和物化形态的智慧，而一个面瘫的面孔只有痴呆。这样的暮年是不能接受的。

歌德说："一切完美的东西在种属上必然超越其种属，必然成为另一种东西，成为无与伦比的东西。"歌德是这样。但一切被败坏的东西也必然将被败坏的东西归属于其种属。

在阴沉的日子里他想，那张面孔上的笑意消失到哪里去了？九十年代上半期在漫长的疾病之后也没有消失的微笑，仿佛天生的笑容不知不觉被什么耗尽了。不过十几年或几年之后，那些似乎长在脸上的笑容已不再属于他。时间带走的事物中有一种他知道，是没有来由的恢复快乐的能力。

他不知道自己心中隐藏着如此深的悲哀。他沉默的时间里装满了无名的悲伤。窗外的雾霾也没有这么浓厚，也没有这么剧烈的毒素。这些悲哀让他窒息。依然是夜晚，依然是音乐，依然是一个人望着窗外。初到这个城市生活时，许多年前的夜晚他独自品尝着的是安静与快乐。听着音乐，坐在临窗的沙发上，把书合上，把灯关闭，听着安静中的音乐流过。他尽情地享受着几乎静止的时间。唯有旋律在时间中流淌。那时他几乎还是年轻的，那时他刚刚度过了一段艰难的岁月，那个夜晚他享受着身体康复的平静的愉悦感。秋夜的晚风，唱机里的音乐，一个人暂时独处的安谧。现在，他想重新获得那种欣悦感，却已经像岁月遥不可及。现在，还是一个人暂且独处，还有听音乐网上的呼斯楞，可心中的抑郁几乎让他感觉窒息。愉悦的气息消失到哪里去了？为什么他喜欢的歌声也不能带来气息的流动，也不能打破令人窒息的悲伤？

难道是你觉得自己衰老了吗？难道这不是你一生中的盛年？许多年前这样的时刻是不是你觉得生活还有着新的期待？孩子们在身边读书，得安和米米，依然在成长，还有经常来的轲轲和德加，你的身边充满他们成长的郁郁葱葱的感觉，就像窗外，那时窗外是一片没有边际的荷塘，你常常在起夜时睡眼迷蒙时也要望一眼翻滚闪烁着的夏夜月夜，即使冬天里连月光也荒疏了，你也知道季节的香味还会飘来，许多鸟类也会及时地返回，在你的窗口鸣叫，那时，植物、鸟类和她们的时辰正在愉快地成为你心中的语言，是的，是语言而不是词汇。你的另一种生活也刚刚开始，尽管你周围的世界从未令人感到幸福，可是幸福感还时常洋溢在主观的感受里，就像一种生命意志那样，就像夜晚的音乐那样穿过你的身躯。

一首歌在重复。他打字的瞬间似乎暂且忘记了心中的悲伤。在这个夜晚。悲伤像一首歌那样开始重复着。他觉得自己遗忘了曾经有过的信心、曾经怀有的信念，他感觉自身在抑郁中渐渐失去一种快乐的意志。望着窗外路灯在雾霾中弥散着碎粒状的暗光，窒息感一阵阵袭来。他想打一个电话给人，就像求助或倾诉，但他立即觉得不应把虚无的年龄、虚无时刻的悲伤传递给他人。他不应该给人带去不愉快的感受。

他猜想这悲伤、这窒息感像雾霾一样客观，他猜测心中的悲哀是不是普遍地存在于他生活的世界里，是不是它强调的特色。他知道自己曾经是一个容易获得快乐的人，从信心中，从信念中，从期待中，还有，从一种意志中。莫非你并没有什么不快乐的？只是你要重新找回信心，找回你的期待，直至最后的时刻，保持生命意志。

他觉得自己在写下一种特殊的日记、回忆录或个人履历。他在把公共新闻转写为个人内心话语或私人秘密。他在写下一种个人的病史。他在写一封漫漫的长信。又一个漂流瓶。又一个没有地址的信。但他知道他还应该是另一个人，一个必须提供可靠的信心与信念的人。那个人不是他现在的样子。不是心中充满悲哀的人。那个人一定是一个拥有不会被打败的意志的人，一定是一个始终怀着一种生命意志的人。那个人是从无限的悲哀中迈着坚定的步履走出黑夜与雾霾的人。

他知道自己不应该是一个求助者，不是一个求生者，他应该是一个给予者，他是一个在岸边抛出救生圈的人。

悲伤是一种自私的感情？顾影自怜是多么自私。唯有痛苦是正当的。在这个世界上，信念与信心不在经卷里，也不在寺庙里，不在那些符号里，它们都已经存在于你脆弱的肉身中。不是那些值得信赖的生活、值得期待的状态不再存在，只是你的肉身过于脆弱，无法承受意志的强大压力。

他觉得自己身体内的"我们"被分解了，变成了一个个无助的"他"。"他"在发出绝望的呼喊。他在向被分解的、幽灵化的我们呼喊。

他知道自己需要的是倾诉而不是求助于人。他转身回到书桌前，他知道书写是倾诉也是倾听。他必须同时扮演说和听的人。求助者与抚慰者。

如果能够愤怒也好，如果能够哭泣也好，一切能够让气息在我身体内部流动起来的方式都是一种救赎。窒息。阴霾。就像需要一场风，需要一场暴雨。

一切带来深呼吸的方式都是一种片刻的救赎。而我们通过窄门的时刻也只是一个片刻。穿过那扇时间的窄门或许就摆脱了窒息我们的爪子。

为什么在心将窒息时你遗忘了深呼吸？为什么最自然、最简易的动作被你遗忘了？深呼吸。深呼吸。在语言中，也是在呼吸的本义上。深深地。一切深深的状态都带来拯救。深深地爱，深深地痛苦，深深地想念，就像深深地呼吸。

如果是深信，如果是深心，一个人会从生命最低的谷地升起。坚定地穿过一道窄门，闯过最狭窄的航道。

所有能够称之为思想的都必须是在身心内部像一场灾祸那样酝酿，像一场雷雨或飓风那样，而你必须保持飓风中心的安宁，你必须作为一场灾难中的幸存者那样才能获得痛苦的才能。任何思想都只能作为痛苦、成为痛苦并从痛苦中发生。

从一种清晰性的存在进入一种混沌的状态？在完成一种新的清晰之前你不得不经历一些磨难，就像去经历自身历史的低级阶段，开始新一轮的自我分解、自我分化，带着失真的自我感受，带着自我认知的动摇，悬置起对自身的判决，但是服从一种事先给定的劳役：在一种非胜任性的自由中。

正像物质世界的原始统一性必须让位于分化，主体也像种籽一样包含着自身的分解。种籽一词将我带到一种消亡与再生的比喻面前。

残缺与充实。与残缺相比，完整性是一种封闭。残缺是对无限性的渴望造成的创伤。有限精神中的无限性就是一种痛苦。

不完善、缺陷、缺点打开了一个空间。这个空间被自以为的虚幻完满所封闭。把你正在经受的和将要经受的一切当作一种学习吧，"人性"，或许真像雨果的说法，"凭借病弱而得以彰显"。

一种悲剧性的抒情？你此刻所作所为，似乎是努力在将一种生存时间的历史性疼痛转化为一种抒情的时刻：这往往是历史书写者最终所抵达的时刻，是历史书写者在为一部经年累月的巨著画上句号、为一个行将覆灭的王朝举行最后葬礼的时刻所抵达的宽宥一切的历史性抒情，它将历史的疼痛转换为一种悲剧性的愉悦。将历史的世界转换为一种美学的时刻。书写是一种提前抵达？

必须置身于现在而拒绝时尚，必须置身于现时而拒绝与之混同。必须一开始就成为晚期，必须从晚期开始。这意味着在话语过剩的时代保持着语言的饥渴。

易怒，这是你在把青年气质不适当地携带进老年，而易怒就像一件不属于自身的异物，成为你身体里的尖刺，使血压升高或降低免疫力。对于你来说，换个说法，对一种晚期风格的写作生涯来说，老年更为珍贵，而非青年时代的见识、作为。你还不足以有进入自身老年的资质，在你卸下青年时代的负担、负债之前，你还要站在它的门槛前低头省思非法携带品。制怒不是为着降低思想的敏感性，不是放弃尊严，而是老年有着另一种不同的尊严，与一种生活过的生活、深思过的生命相匹配的尊严，另一种宽容的敏感性，在死亡到来之际也不再打折扣的更珍贵的属性。或许你因此一直期待着自己的暮年。这一次你想，一次愤怒的发作，就像夏季结束之际的一场狂风暴雨，每次吹过天空之后都会日渐转入秋凉，直至天地寒彻。

从此开始，你该学习进入晚期的课程：一种充满温情的反讽或讽喻心态。如果仅仅是反讽或嘲讽过于冰冷的话。反讽能够处理愤怒应对的事态，却比愤怒处置得温和。它适合老年早就减低了的情绪能量而作为补偿增加着的心智。对晚期岁月来说，弃置心智上的反讽挥霍情绪上的愤怒显然缺乏明智。只是你暂时仍不知道反讽如何处置类似道义感或尊严感之类的情感冲动。当这些也转换为反讽的时刻，它们——还有爱——还存在吗？或许，晚期式的情感是另一种人类学类型的：尊严、友谊都能够接受嘴角微笑的反讽，道义感与爱或许尚不知道如何与之共处？

一种老年或晚期风格不能垂范于青年，老年会给老年带来教导。如果不是对晚期或晚期风格的意识，我不会注意到托马斯·曼的这个文章：《老年的冯塔纳》，也不会被这些叙述所吸引："难道他不正是到了老年，到了耄耋之年才完全成为他自己吗？正如有生来就过早地长成但不成熟，更谈不上没有活过自己就变老的青年人一样，显然也有耄耋之年是唯一与之相称的年龄的人，这是经典性的高龄，可以说，这时他适于最完美地展现这个年龄段的理想的优点，诸如温厚、仁慈、正义感、幽默和诡谲的智慧，总之，那些孩提时代的无拘无束和天真无邪，即人性以最完美的方式在更高层面上的重现。他就属于这种人；而且看起来他似乎知道这一点且急于变老，以便长久地做个老人。"曼描述的晚期比青春更令人羡慕，在曼看来，这个人和他的诡谲的智慧何时抵达其顶点，他才于何时达到个性的完美。一种"充满责任感的无拘无束的自由"，或许这就是在极其不同的语境中夫子所说的"随心所欲不逾矩"的晚期境界。

但愿我也能够像斯坦纳回忆录里那么自我期许："简言之，我能够舍弃古老的语言游戏或是宗教世界观的'语言—病态'。希望我能够自信满满地摆脱这种'幼儿障碍'，成熟地迈向理性、自然主义的秩序，只对理性和孤独回应。"

愤怒情绪是另一种失败。但我依然赞美作为道义感的愤怒。反讽是意志力或心智上的转败为胜。但与那个著名的精神胜利法相反。检讨自身或许跟社会批评同样必要。但不是为着达成古典意义上的国身一体的权力神话。

又是布莱克的天真与经验？这是扎加耶夫斯基的改写："首先是天真，然后，是受苦和经验的补偿。真的是这样吗？天真真的是某种我们失去的东西，就像童年，一旦失去就永远失去？我们的经验是不是也有可能这样失去？经验是某种知识。没有别的东西像一个人的知识那样容易破裂了。……这也就是为什么在生命的最后不一定只是带着经验。天真跟随着经验，没有别的途径。天真会因为经验变得丰富，因为自负而变得贫乏。我们知道的如此之少。我们不过是在某一瞬间理解了，然后又忘了，或者说，我们背叛了我们理解的那个瞬间。而在这个尽头是重现的天真。无知的苦涩的天真，绝望，和惊奇。"一点知识秩序的改动之蕴含的不只是一个人的苦涩经验，当晚期经验之后的天真与绝望建立起联系时，还是保持了貌似最初的惊奇。

思想就是对情绪发泄的制约（弗洛伊德）。

受辱是到达纯真之路（戈尔丁）？

忧郁感像一层黑色的面纱蒙住了整个意识。感觉世界变得不再活跃，失去了回应外部事态的能力。忧郁让人变得貌似自我关注而实则无所关注。

想起一个已故友人，他给人幽默感，爱说笑话，喜欢讲述幽默和令人发笑的段子，没有人能够感觉到他的忧郁症，很难说他是一个不适应社会的人；从什么时候开始我们身边的社会如此迷恋搞笑的段子？这无疑是它的忧郁的表征，却似乎无药可医，而且连诊断也下错了。比起一个人优雅的忧郁，这个社会愈接近权力与财富的核心就愈呈现为一种狂躁型忧郁症。

同精神分析师一样，诗人与艺术家是人类情绪问题的专家——说到底他们都只能提供一种对经验的描述与解释，最成功的情形下他们能够提供一种话语方式，将混乱无序的经验赋予一种意义——但不幸的是与别的类型的专家不同，他既是医师也是患者。

尼采的"快感"经验或尼采式的"陶醉"概念，贯穿着尼采一生的思想，在早期，快感与陶醉主要体现在音乐、醉酒与悲剧经验之中，这是一个接近浪漫主义情感经验的方式，其中的快感还是很单纯的艺术经验，狄俄尼索斯主义的快感与陶醉都集中在自我中心的感知上；在中期，快感转向了身体经验，除了肉体的代价外这也没有什么社会伦理风险；然而在晚期，尼采对快感的渴求、对陶醉的沉湎转向了"权力"，他直言不讳地承认："快感出现在有权力感的地方"，他不是说出了独裁者的心里话？对于这一状态而言，快感或许唯一能够出现的地方就是权力，就是超人般的、不受约束的行使权力。但也唯有在此，尼采的快感哲学或陶醉美学出现了道德风险与社会伦理灾难。

这是尼采式的快感经验的贬值、陶醉的变质、快感经验与陶醉感貌似变得升值了，实则从无害的音乐与艺术经验转向了权力支配与统治领域，而这是一个必须遵从理性的领域；从音乐与艺术中享有无害的快感走向反理性主义与非理性主义的权力快感，音乐、艺术、酒、酒神精神中的美学价值被残酷贪婪的权力膨胀榨干了，变成了最令人恐惧也无比乏味的暴力崇拜。

一首诗的话语形式就是恢复清晰思想与微弱意识之间关联的意图。诗就是这一更微妙的语言，将清晰意识置于其随着语境的阔大深远而逐渐变得不清晰的思想过程。这也是晚期维特根斯坦的语言哲学：意识的清晰边界与语言意义的明晰性终必须止于对"生活世界"的指涉。

一个社会形态早期出现的常常是因，晚期社会中出现的则已经是果。而因果之链并非是超验的和神秘的，仅仅是创伤性社会心态中所包含着的一种能量的持续流动。如果没有相互赠予礼物，就是相互赠予债务；如果没有相互赠予善意，就是相互馈赠恐怖；如果没有相互馈赠生命，就是相互馈赠死亡。这就是公平与正义丧失之后"恶"的最终社会交易成本。这就是一种最没有希望的"赎罪"仪式。

托马斯·曼对文学（神话）、精神分析与哲学之间的联系有着极其睿智的见解，曼在1936年弗洛伊德80华诞庆贺会上的演讲中说："弗洛伊德对本我与自我的描述——如果说并非与叔本华对'意志'和'理智'的描述分毫不差，——难道不是将他的形而上学引入心理学的一篇译文吗？倘若一个人在从叔本华那里接受了形而上学的神圣洗礼以后，又在尼采那里品尝过心理学的痛苦，现在当他为已占据其心灵的东西所激励，第一次在精神分析的国度里四处张望的时候，他怎么会不充满亲切的和重逢的情感呢？"他看到了无意识状态的"本我"与叔本华的生命内核最深层的"意志"之间的相似性，看到了精神分析与哲学的隐秘的接触点，由此他也看到了人在生活中所享有的自由与他所说的"生活过的生活"的那种约束是怎样一起塑造了人们的生活。所谓"生活过的生活"，意味着"生活即追随，是一次沿着踪迹的行走，是认同"；从这一思想开始，他意识到一种心理学（精神分析学）的兴趣过渡到了神话兴趣。他说，类型的东西也已经成为神话的东西，人们甚至可以说"生活过的神话"，以取代"生活过的生活"，而"生活过的神话"就是他的小说的叙事思想。因此曼认为，他与精神分析的隐秘关系在小说中走上了完全现实的阶段。事实上，弗洛伊德本人及其精神分析与小说叙事和传记研究的关系也早就不是一种隐秘关系了。精神分析追溯人的童年，这同时也是追溯"原始和神话"；"深层心理学"的"深层"也有时间上的含义："人的灵魂的原始根源同时也是原始时代，即神话之所在并奠立生活的原始准则、原始形式的那些时间的井泉般的深层。"在曼看来，虽然神话在人类社会中是一个早期的和原始的阶段，但在个人生活中却可能是"一个晚期的和成熟的阶段"，个别人可以随着这个神话般的晚期得以辨识"表现于现实中的更高的真理"。弗洛伊德自己承认，一切医学和心理治疗法对他都是"一条跋涉毕生之久的弯路和归途"，使他回归到对人类历史，"对宗教和道德起源的原始激情"。

或许有一天，我偶然居住在一个过去生活过的地方，看着夜晚路灯下闪过依稀熟悉的人们的影子——我一直不允许自己伤感——

很久以来他的潜意识都没有彻底摆脱这一计划：他的身体无意识正在考虑如何以一场疾病结束他的麻烦，就像他的朋友以死亡一劳永逸地对决他的痛苦。类似隐居是宗教中的一个选项，与传道相反；类似于休息是政治中的一个方案，与有为相反。人们也经常用身体的孤注一掷解决精神不能解决的困扰。

在"欲望和偏头痛"的轮替之间，生命在慢慢耗尽……日益稀少的意义。它留下身心的疲惫——一片灰烬。

爱是留给不甘平庸的人们的一份磨难。当爱成为一种命运感的时候不会为明智所纠正。爱绝非一种享受，这是如今人们愿意孤立化地享用其中的性而摒弃爱的原因。

弗洛伊德怀着仁慈之心说，爱是一种"正常的精神病原型"。

晚期是一座艰难而缓慢的陡坡，只有当你爬上去之后，视野才会变得宽阔，一个真正的远景，深不可测。而这是你过去所不及的坡度。没有充满灵感的思想劳作，老年或长寿就纯粹是一种对尊严的羞辱。因此需要像歌德、贝娄那样，"将老年本身变成一种才华"。萨义德引述赫尔曼布洛赫的话说：晚期风格"并非总是年纪的产物；它是一种天赋，与艺术家的其他才能一起被注入他身上，它也许会随着时间而成熟，经常在其死亡预兆来临之前的季节到达繁盛，甚至在接近老年或死亡之前就将本身展现出来：它是表现力达到了一个新的层次……"

托马斯·曼在1910年35岁时写下《老年的冯塔纳》，或许包含着一种自我预期，他如此写道：老年冯塔纳所展示的这一幕，这逐渐衰老的一幕从艺术上、精神上、人性上看，是一种在高龄之时的年轻化，一种第二次的、真正的青春和成熟的一幕，这在思想史上很难有与之相当的个案，"我随着年龄的增长变得年轻了"，二十八岁的年轻人在给一个朋友的信中写道，"本来为青年时代遗产的一部分的生活乐趣，似乎随着生命之线逐渐延长而在我身上增长着"。这是他对他的生活活力的特点的早期认识。他之生就是为了成为仍将活着的"老年的冯塔纳";他生命的前六个十年只是——几乎是有意识地——在最后之谜的日益增长的阴影中充满仁慈的怀疑度过的后两个十年的准备;他的一生好像在告诫人们,只有死的成熟才是真正的生命成熟。这个具有如此罕有和如此可亲可爱的天性的人,越来越自由,越来越智慧地成熟着,向着终极答案的怀抱走去……

"晚期"意味着一种"遗嘱性"的写作。任何一种延迟发表都可能使得文本成为一种遗嘱性的存在,尤其当一个写作者意识到他的写作极有可能延迟到身后的某个"时间"才能出版。

傍晚,终于迎来了一阵小小的降雪,路灯的昏黄光线下,片片飞雪不时改变着飘落的方向。此刻,雪的飘落在无数人的心里都是一句古老的不解其意的箴言。它是一个圣灵,是降临人间的一次无法复活的受难。它是无数已逝美好事物的短暂返回,再次光顾这个不再美好的世界时的泪水。

他希望自身困难地走在一道陡坡上。深呼吸。载重的船吃水更深。它在身后划开激流卷起的波澜也更深远。带着吃重的船只一样的重力,深呼吸。呼:松弛、放弃、打开;吸:鼓气、紧张、用力:深呼吸。

他希望面前是一道艰难的斜坡,视野在逐渐展现。一道天际线在远方出现……

诗 学
Poetics

诗建设

"只有真实的手写真实的诗"
——与青年诗人谈诗

王家新

两三周前我在给复旦的青年诗人王之瓜的《在洞头》一诗里，引用了张枣的一句话："既然生活失败了，诗歌为什么要成功呢？"那是张枣一篇谈"元诗"的文章。谈到最后，他突然冒出了这句话。说实话，这是张枣所有诗文中让我最受震动的一句话。

现在我又想到了这句话，只不过比张枣当初说这句话时心情更为沉痛。

其实"失败"这个词都不足以形容。我们在座的一些诗人，已在诗歌的路上走了四十年了，多多要更早。但又怎样呢？我们现在眼看着数代人这么多年的努力被埋葬。我们不知已回到一个什么年代了。所以那首《在洞头》写到最后也只能"流泪"（当然，是在心里流泪）："我们流泪，听着大海的冲刷声"。

所以我们要承认失败，甚至是"惨败"。胡桑刚才谈到诗人的自我装置化问题，说一些人对"元诗装置"有点过于迷恋。的确如此。这次请来参加工作坊的青年诗人都不错，照外人看来大都属于"学院派"，即使你们自己否认。因为你们大都处在这个时代某种学院知识气候下，写诗也都比较注重修辞和技术。我这不是说你们，不过最好还是破除对"元诗"的迷信，在今天，那已成为一套让人昏昏欲睡的"诗歌行话"了。你们应该早过了这个学艺的阶段。

我并不否认"元诗"这个概念本身。其实这是我们在二十世纪八十年代要解决的根本问题，也就是要从多年"工具论""反映论"的强权支配下摆脱出来，重建一个诗歌本体、语言本体。这一段我在写关于策兰的一本书，策兰在诗中写道"来自一棵树，也来自围绕它的森林"，可以说，这就是策兰的"诗观"。我在今天仍会强调这个"一棵"，因为它构成了诗的本体。这是一棵使诗得以立足的树，否则一切都免谈。只不过我从来不用"元诗""先锋"这类概念。我自己的写作当然也一直包含了对诗歌、语言和写作本身的追问与思考，但这不应成为一种刻意的姿态。我至今仍感谢八十年代现代主义对我们的洗礼，我也会永远坚持艺术本身的自律性，即使它在与他律性的社会发生纠缠的时候。但是这一切，都只是问题的一个方面。

另一方面呢？这里先从技艺问题说起。我当然也看重技艺，一个诗人在成长的过程中必得经过严格的技艺训练。上次的座谈中我也说了，即使在大师的身上也"带着一个学徒"，塞尚就说过在他年老的时候才知道怎样画天空。我们一生也都是这样一个学徒，也都得不断地聆听语言对我们的教诲。洪子诚老师、在座的桃洲等人都专门探讨过"手艺"问题，也值得探讨。但是策兰却说过这样一句话"只有真实的手才能写真实的诗"，不知你们是否留意过？或是否引发过你们的思考？

这也就是歌德在对一生回顾时所说的"诗与真"的问题。没有"真"作担保，一首诗即使写得再有技巧，会不会有持久的生命力？它能否站得住？

再看看我们今天，我们能否用一双消费时代的手、小资调调的手、人工智能时代的手、无关人生痛痒的手，写出这种真实意义上的诗？

两天前谈诗时，我还引了我译的美国女诗人简·瓦伦汀的两句诗："别去倾听词语，它们只是一些你言说之物的小小形状。它们只是杯子如果你口渴。但是你并不口渴。"你们现在的技术都不错了，起点也比我们年轻时要高，但问题是：你们在写作时究竟是否感到了"口渴"？

我记得当时这样问时我重复了两遍。因为很可能，这正是当今这个时代最要命的问题。是啊，什么都有了，写作上也训练有术了，但你们是否感到了"口渴"？

上次我们还谈到鲁迅的《呐喊》，其实这部小说集中并没有一篇题为"呐喊"的作品。鲁迅为什么要这样？是不是他视他的创作为那个黑暗年代不得不发出的呐喊？没有那种历史真实作为担保，他的作品在今天是否还有生命力？

在座谈中王东东谈到了刘勰。我记得刘勰在《文心雕龙》里就批评过某一时期的诗风，认为是"比风日盛，兴义消亡"。这就是说，"兴"永远是第一义的，你得有这种生命内在的真实感发才行，不然真的会导致诗歌之死了。

诗是语言与心灵的相互寻找，写作也总会遇上一些很严峻的时刻。就我个人而言，我很感谢上个世纪我们所经历的一切。那种震撼，真如叶芝的诗所说："既然我的梯子移开了 / 我必须躺在所有梯子开始的地方，在我心灵的杂货铺里。"

如用你们现在的术语讲，我们以前所借助的"元诗装置"或梯子移开了，它不管用了，或失效了，不能应对我们写作中更重大、也更内在的问题了。它被"命运之手"无情地挪开了。

在我近年写的一组诗《狄欧根尼斯的灯笼——献给曼德尔施塔姆》中，也还有着这样一节：

> 见习期结束了，你终于明白：
> 只有以一个瘸子的步态，
> 才能丈量这坎坷的大地。

的确，"见习期"结束了。我们由此才真正进入我们作为一个诗人的命运。刚才西川谈到奥斯维辛展览馆里那四吨犹太人的头发。我没有去过奥斯维辛，但我参观过慕尼黑附近的达豪集中营，看得我两眼发黑，喉咙梆硬，想哭都哭不出来……

为什么会这样？因为它和我们自己也太有关了。西川还谈到他在印度看到孔雀在垃圾堆里找食时的观感，感到他自己"过了一个坎"。为什么他会看到而别人没有看到？显然也和他自己的内在经历有关。

"过了一个坎"也可能就是过了"纯诗"那个"坎"吧。在刚才，苏丰雷还提到阿多诺那个"奥斯维辛之后写诗是可能的吗"的论断。不管怎么看，在奥斯维辛之后，还有什么"纯诗"吗？你这样写还写得下去吗？从古希腊以来，人们一直认为哲学的起源是惊奇，但到了阿多诺，哲学的起源可能不再是惊奇，而是恐怖了。

这就是说，恐怖成了奥斯维辛之后哲学的缪斯。

这里如实说，我写于三十年前的《瓦雷金诺叙事曲》就是这样的产物。正是那种真实的"无人可以援手"的恐惧，使我在那些冬夜里写下了这首诗。

所以说，在那些日子里，我们都经历了一场深刻的"语言的自我批判"，经历了"否定之否定"那样一种艰难的诗学历程，最后在诗与现实、艺术与伦理之间达到了一种如李海鹏在他的论文中所说的"辩证装置"。不然我们就很难重新开始。

问题是，这种危机感也不是一时的，它会不断地纠缠着我们。"既然生活失败了，诗歌为什么要成功呢？"张枣的确很敏感。他也有他的矛盾，有他对现实的痛感。但是他的写作有点往后撤了。他未能充分正视、发掘他的矛盾，也不能有效地重建一种富有张力的诗学，不能从危机中有一个新的开始。所以他后来干脆就不写了，或写不下去了。

张枣是有语言天才，但很可惜，他还不是阿多诺所说的那种"批判性的天才"（这是阿多诺对晚期贝多芬的形容）。也可以说，"元诗装置"是个好东西，但它还必须把对自身的批判和反思也时时包含在内，不然它不会成就一种伟大的艺术。

我曾在上次座谈中提到张枣对我讲的最后一句话，"家新，我是江郎才尽了"。那是在他逝世几年前，在一次聚会的大阳台上，他端着酒杯对我重复了两遍。一个这么有才的人最后这样讲，我们真得好好想一想。

海鹏刚才发言中讲到"汉语性"。张枣在这一点上也限制了自己。他只谈"汉语之甜"。其实真正伟大的艺术都是酸甜苦辣，悲喜交集的，像我们杜甫的诗。单讲"汉语之甜"就限制了审美的幅度和深度，回到传统的文人趣味、感官愉悦，而很难应对现实，并对灵魂讲话了。

上次我们在谈"技术"时还引了黄庭坚的名句"桃李春风一杯酒,江湖夜雨十年灯"，可以说很"工"，但是杜甫的"但觉高歌有鬼神,焉知饿死填沟壑"，不仅很工，而且"有神"了，他真是进入了一个悲喜交集并富有惊人的创造性的境地。或者说，他的诗绝不仅仅是辞章之事，而是和他的生命真正贯通为一体了。

刚才晓渡谈到现在的一些诗都太光滑，翟永明也认为缺乏一些"危险"的东西。前两天在喝酒时我对海鹏、陈翔也谈到"玫瑰"应该有"刺"："你们能不能给我来根刺？"你们来那么一句，让我受点震动和刺激，感受到你们对世界、现实的态度，那可能更是一种诗的能力了。

作为一个诗人，我当然很尊重张枣。关于张枣的第一篇评论还是我在1987年写的，题目就叫"朝向诗的纯粹"。张枣的诗写到最后，写得很精致，也写到一个极致，写到可成年轻人"范例"的程度。但他写不下去了。这种写作，可能缺乏来自自身的生长力和自我批判、变化的能力。问题在什么地方？"生活失败了"，但是难道杜甫的生活就不失败吗？

刚才欧阳江河提到"晚期风格"。这个概念我们还是要慎用。且不说年轻诗人，在我们这里谁能够进入这个"晚期"？卞之琳先生不能进入奥登的晚期，冯至也不能进入里尔克的晚期。

"晚期风格"不是一个时间概念。它是一种"特殊的成熟性"，不同于古典风格的圆满、和谐。其实，阿多诺的"晚期风格"是"否定性"的，它始于矛盾、困境和对已"完成"的不满意，始于贝多芬那样的"批判性天才"。它意味着从危机中重新开始，重建与语言的紧张关系，甚至是自我颠覆，是一种如阿多诺所说的"灾难般"的成熟……

诗歌即这样一条艰途和远路。希望在座的年轻诗友多一些耐心，也更多一些勇气，有时也需要从某种圈子和风气中跳出来，像策兰那样，真正有勇气走上一条"远艺术"的路。

何谓"天才"？维特根斯坦说："天才就是依靠勇气去实践的才能。"

谢谢。

根据2019年7月中旬在清华大学青年作家工作坊"变革中的中国当代诗歌"论坛上的发言整理和补充

附录一：

在洞头
—— 给王子瓜，一位年轻诗友

当一具失踪多年的尸体从一个中学的
操场下、从一堆乱石下挖出来，
暴露在氧化的空气中，
我们在一个临海的山坡上谈诗。
我们谈着两代人的区别和联系，
谈着张枣和他的"万古愁"（现在它听起来
怎么有点像顺口溜？）
谈着那过去的被埋葬的许多年……
这是在中国东海，一个叫洞头的半岛上，
大海一次次冲刷着花岗岩石，
在我们言词的罅隙间轰鸣。
我们谈着诗，好像什么也没有发生。
我们谈着诗，而礁石上的钓者
把他的鱼钩朝更远处抛去。
我们谈着未来和我们呼吸的空气，渐渐地
那压在一具尸骨上的巨石
也压在了我们心上。
谈着谈着，我竟想起了张枣的一句话：
"既然生活失败了，诗歌为什么要成功呢？"
我们都不说话了。我们能听到的
唯有大海的冲刷声。
我们流泪，听着大海的冲刷声。

2019.6.27-28 浙江洞头-上海

附录二：

策兰致汉斯·本德尔[①]

亲爱的汉斯·本德尔，

谢谢您5月15日的来信和您为您的选集《我的诗是我的刀》的盛情约稿。

我记得我曾经对您讲过，诗真的就在那里，诗人未予考虑，它不再被参与了。今天，我想我会作出不同的表述，带着更多的细微差别，但在根本上我仍然持这种——老派的——看法。的确，就这方面来看，现在的人们喜欢不假思索地称它为手艺（craft）。但是，如果您允许我总结一些更多的思考和经验——手艺，就像纯净性一样，通常成为所有诗歌的条件。这一类技艺当然大多不会带来有价值的奖赏，不会拥有格言的"金质底部"。天知道它到底有没有什么底部。多么深奥迷人，人们（哈，我不在其列）甚至还这样来称呼它。

手艺意味着手工，是一件手的劳作。这些手必须属于一个单独的人，等等。一个独一的、必死的灵魂以它的声音和沉默摸索着它的路。只有真实的手写真实的诗。在握手与一首诗之间，我看不出有任何本质的区别。

不要带着些诗呀和诸如此类的什么来。我怀疑这样的东西，连同它的远远近近，这意味着，那些事物与它当下的语境相去甚远。

是的，是有着某种操练——精神意义上的，亲爱的汉斯·本德尔。并且就在那里，在每一条抒情的街角，以污秽围绕的所谓词语的材料进行试验。诗作也是礼物——全神贯注的礼物。命定承受的礼物。

"如何作诗？"

一些年前，我有一些机遇见证，后来，从某种距离观察了"制作"（making）如何愈来愈变成了"制造"（making it），随后就成了阴谋诡计（machinations）了。是的，那里就有一些这类东西。对此也许您也知道。它的产生并非偶然。

我们生活在黑暗的天空下，并且——那里只有少许人类的存在了。所以，我想，诗也不会多。留给我的希望很小。我试着把握住那留给我的。

祝愿您和您的工作一切顺利。

您的保罗·策兰
巴黎 1960.5.18

① 王家新　译
附录二译自：Paul Celan: Collected Prose, Tanslated by
Rosemarie Waldrop, Carcanet Press, Manchester, 2003

诗歌写作中的几个概念

张曙光

变

变化是一位诗人或艺术家保持自身活力的必要方式，也是将写作不断拓展和深入的有效手段。重复是写作的大忌，无论是重复别人还是重复自己。如果能按一种方式不断写下去会很幸福，但事实上并不可能。人随着年纪的增长和环境的改变而必然会发生变化，写作也是。这种变化是被动的，还有一种自觉的变化，就是写作者为了更好地适应时代的和审美风气的改变而做出的写作上的调整。这是真正艺术家的必然功课，也是他们的宿命——无论他们原有的风格如何迷人，就像一个人无可挽回地老去一样。

美国批评家帕洛夫写过一本书，可能也是她被译成中文的唯一一本书：《激进的艺术：媒体时代的诗歌创作》。这本书很重要，对写作和审美相当滞后的国内诗歌写作尤其是这样。在序言中帕洛夫谈到了写这本书的缘起。在一次对后现代诗歌和理论的讨论课上，一位来自南斯拉夫的学生问她，为什么他们不能像卡夫卡那样写作？

卡夫卡怎样写作？帕洛夫认为，尽管卡夫卡不管如何隐晦，但在语言上却是完全清楚的。而所谓不像卡夫卡那样的写作，则是晦涩和反常规，比如"漆黑的窗户，列出事实，从中爆发出寒冷的比较"。这类写法语法反常怪异，语义不明，是一种用极端技巧的写作。

那位同学代表了很多人的困惑。为什么不能像卡夫卡那样写作？帕洛夫回答说：卡夫卡的时代没有电视。世界进入了电子和媒体时代，大量的信息和图像充斥着我们的生活，诗的语言要吸引那些适应了录像机、传真机、随身听、激光打印机、手机、答录机、电脑游戏和视频终端的观众们。正是出于这样的考虑，先锋文学拒绝使用常规的词序和保留句子的完整性。简单地说，就是使写作在众多信息间坚持自己的独特性。

中国古人对于变化相当敏感，这也许来自对于外部世界的直观经验，并在此基础上得出规律性的结论。《周易》就是一本关于变化的书，后来被尊为六经之首。但在传统文化里面，似乎存在一种致命的矛盾，一方面承认变是必然的，另一方面又对变持一种保守态度。"天不变，道亦不变"，乃至祖宗之法不可变。这是要在不变中寻找一种超稳定的结构。在这种认知框架内，即使变，也是局部和非本质的。这也影响到文学艺术，一方面人们清楚文学艺术最忌重复，变是对独特性的寻求，而艺术作品只有具有了独特性，才有存在的价值。另一方面，人们在求变的同时难免会战战兢兢，唯恐这种变走得太远，背离了原有体裁的本质。回顾古代文学史上的变革，很多都是打着复古的旗号。今天我们仍然经常会有这样的担心：我写的是诗吗？而很少去考虑你写的东西是否真正具有价值。

　　每个时代都有着对于诗歌的经典定义，这些定义都有各自的侧重，甚至相悖。最有名的例子是华兹华斯和里尔克对诗的定义：前者说诗是强烈感情的自然流露。后者说诗是经验。哪个是对的呢？当然都是对的，但一个代表了浪漫主义的写作原则，另一个则是现代主义的宣言。荷马是伟大的，维吉尔同样伟大。屈原是伟大的，陶渊明同样伟大。但他们是不同的。正是这种差异性决定了文学的价值与意义。在我年轻的时候，我经常为这样的问题困惑：我们的写作可能永远超越不了荷马、但丁和陶渊明，那么我们为什么还要写作呢？

　　事实上，我们的写作一方面是自己有表达的需要，另一方面，我们的写作也许超越不了荷马和陶渊明，但也有不可替代性，就是我们的写作和自己的时代更加贴近，去重新书写关于诗的定义。时代在变，社会生活在变，而随着科学的发展，我们对外部事物的认知也在变，这也势必影响到我们内在精神，而这些都是需要表达的。在这个前提下，尽管我们达不到经典大师的高度，但我们的所思所感，我们写作的语言，都是这个时代的产物，同人们的生活息息相关。这可能更加引人关注，这就是为什么现在很多人宁愿去读这个时代二流甚至是三流的作品，也很少去读那些经典作品。

　　回到新诗的写作，如果我们对于新诗的发展有足够的认识，就会发现新诗早就脱离了古典诗的框架。这称得上是一次革命。从语言上废弃了文言，采用鲜活的日常口语，从形式上借用了西方自由诗的体裁。这些改变是根本性的。新诗的写作这些年来有很大进步，但似乎仍没有达到人们的期许。原因当然是多方面的，但一个最主要的原因我想应该是现代意识还没有完全建立起来。这体现在诸多方面，一是审美严重滞后。什么是审美滞后？一个现代人，可以欣赏唐诗宋词，可以品鉴吴道子范宽，我们仍不能说他的审美没有问题。因为美是在不断演变的，不同时代有不同时代的审美观。今天的情况是，我们理解的美并不背离真实，反而产生于真实。我们说真是美的，因为真让我们信任，我们说善是美的，因为善让我们向上。当然也有独立于真善之外的美，那是对美的自身规律的强调和尊重，但无论如何，美与陈腐与虚假无关，更是拒斥邪恶。我理解的审美观应该是随着时代、文化和社会生活不断演进的，它不应停留在一个地方。当你在今天不能发现美，或者对今天的美无动于衷，动不动就看不惯，那么你就该警惕了，如果不是时代出了问题，那么就是你的审美观落后了。如果你不能发现美，又怎么能传递给别人？

其二，是对时代缺少足够深刻的理解和认知。对时代的深刻的独特的认识代表着作家深度，也应该是作品的一个重要来源。变化是与时代的相互博弈。任何一位有成就的作家，总是与时代联系紧密，这甚至包括那些所谓隐逸或遁世的作家。因为避世也是一种态度和一种选择。当然作为写作者，开创也好，创新也好，有无数条可供选择的路，选择什么取决于个人喜好或趣味，但在这之上，仍然是时代在暗中起到着主导作用。时代往往会校正我们的方向。这是一只看不见的手。现在有一个误区，就是写作的个人化理解上的偏差。诗歌是个体写作，这没错，但写作的个人化是建立在共同性的基础上的。没有共性的个性是没有意义的。过于强调个人化，在一些人那里就成为狭隘和懒惰的借口。谈到的时代与写作的关系，是要真正深入地去理解这个时代，发现它好的一面，更重要的是去发现它的问题，从一个相对客观的立场去看待它。

我们强调现代性，现代性是什么？简单说，就是站在时代的制高点来审视我们的生活。任何一位大作家都与他所处的时代关系紧密。首先他代表了他那个时代的高度，其次体现出他那个时代最新的审美感受，总之我们从他的身上可以辨识出时代的特征。我们的所思所想所写，一定要站在这个时代的制高点上。有了这个基础，无论你对时代采取怎样的态度都不重要了。时代在变化，社会生活也在变化，我们不能像卡夫卡那样写作，更不能像巴尔扎克和托尔斯泰那样写作，就像在高铁时代我们不再使用蒸汽机车一样。变化是为了探求新的表达方式，也必然会注入新的经验和观念。

现实

有两种不同的说法在很长时间里被混为一谈。文学是现实的反映和文学反映现实。前者是对的，而后者在一定程度上是对的，有时却未必如此。同一时代的作家在他们作品中所呈现给我们的现实是不一样的，如乔伊斯和卡夫卡。什么是现实？现实一直被认为是客观存在，如维特根斯坦所说，世界是事实的总和而非事物的总和。但真的有客观这种东西存在吗？任何事物，一旦进入人的意识，不可避免地会带上主观色彩。文学来自现实，而作者哪怕真心实意想反映这种现实，也只能是你所认为的现实，确切说是虚拟的现实。事实上，在文学中明确提出反映现实口号的只有现实主义，而之前的浪漫主义和之后的现代主义都与之不同。后来有人提出广义的现实主义，用以涵盖整个文学创作。但既然全部文学都是现实主义的，那么这个提法还有必要存在么？作品是梦，是幻象，当然也是现实，但不是人们通常理解的现实，而是内心中的现实。譬如卡夫卡、普鲁斯特和贝克特的创作。我的这一说法用绘画来解释可能更为直观。在最初绘画确有实用的一面，造像，但这仍然与后来出现的照片不同，有一定的主观因素。而后来就加入了更多的个人理解和想象。到了抽象绘画，现实原有的面貌基本上不存在了，代之的是色彩、线条和符号。但这与现实无关吗？未必。它不是现实，却是对现实的折射。确切说是对现实的重组。沃霍尔仿照照片制作了一批丝网印刷肖像画，但有人指出，"沃霍尔并不是要如实地呈现其肖像画的人物，而是在呈现'富于魅力的幻影'"。文学艺术无不来自现实，但并不一定会再现现实。现实一方面为我们提供了创作的素材，另一方面也激励着我们去做内心的表达。无论作家在作品中怎样努力呈现现实，但展现的仍是心理现实，或表达对现实的理解和感受。罗生门的故事并不一定是每个人在有意去编造谎言，或许是有一定真实的心理基础。提到后现代写作，人们往往会谈到碎片化的特征，在我看来，碎片化也是更加切近我们对现实的认知，其目的是为了打破现实的逻辑秩序，从而让读者根据自身的经验和理解去把这些碎片重新组织起来，即按内心的理解和逻辑去构筑出一种现实。

独特性

在写作中有要达成的目的，也必然会有达成目的的手段。但很多时候，目的和手段界限并不是那么分明。手段往往会取代目的成为追求的目标。比如形式，比如手法。独特性也是一样。以往在人们的意识里，追求独特性是为了更好的表达，但在今天，独特性的重要程度被一再提升，因为在一体化的局面下，只有具有了独特性才真正具有了存在的价值。古典写作与今天有哪些不同？最鲜明的一点是，古典写作更多讲传承，而在信息高度发达的今天更加强调独特性。本雅明论述过复制，沃霍尔用复制的方法创造出无数个玛丽莲·梦露。无论他们本意如何，却无疑让我们看到了一个可怕的后果，即艺术作品可以像工业产品一样批量生产。技术的进步一方面会带来诸多方便，另一方面却也降低了艺术自身的价值。在这种境况下，独一无二就显得珍贵了。要获得这种独特性，就必须区别他人，即在共性的前提下最大限度地去实现不同。很多写作都在强调个人化。所谓个人化，简单说就是强调个人经验，但个人经验真的那么重要吗？与其说个人经验重要，不如说它有助于实现独特性，而不尽在于其自身。所谓民族性和地域性的重要性也在于此，只是写作的策略。正是这种独特性（个人的、时代的）赋予了它们存在的价值。

基于上面的想法，写得好与不好（这往往很难区分）可能已不是那么重要，而独特性或许更为关键。同样，过去人们强调写作要有深度，但没有独特性的深度（来自哲学或科学）也只是重复或复制，相比于独特性也不那么重要。深刻不一定具有独特性，但独特性本身就包含了深度。或者说，独特性本身就是一种深度。

无意义与不确定性

　　二十世纪绘画一个最显著的变化是抽象艺术的产生。在以往的艺术中，创作总是围绕着具象展开。或代表自身，或使其成为象征符码，却总是离不开具体形象。而抽象艺术的产生省略了具象环节，使作品能够直接呈现作者的内在情感或情绪，从而真正实现了绘画的音乐效果。这很接近瓦雷里曾经提倡纯诗的观点，却也在很大程度上去除或削弱了作品的意义。意义从来都是一个模糊的概念。这里说的意义不是指作品的效果和功用，而是指作品的主旨，或者说是内容所传达出的信息，确切说是作品的所指。这种能指的模糊导致所指的缺失，即我们所说的无意义，也就意味着摒弃了语言的指涉性。这就出现了两个问题，首先是这样做的用意何在？其次是真的能去除意义吗？按照符号学理论，任何事物都可视为一种符号，而每个符号都会分为能指和所指，简单说，能指是指符号本身，而所指是指能指所代表的意义，也就是指涉性。既然是符号，就不存在只有能指而没有所指的情况。在实际生活中，我们过马路时看到红灯时会自觉停下，因为我们知道红灯代表着禁止通行。这是一种给定的意义，指涉性非常明确。而猜谜则是把所指刻意做了伪装，故布迷阵，让你透过这些去找出能指。这类实用符号给定的意义必须明确，不然会造成混乱。比如按我们的规则必须右侧通行，但假如我们在日本或英国开车，还是按右侧通行的做法，后果是不言而喻的。而猜谜却完全相反，它需要制造混乱，扰乱视听，这样才会产生难度，难度越大，带来的快感也就越加强烈。如果把艺术作品视作符号，那么它的情况更加接近后者。一方面作品内容本身和意义没有必然的或给定的联系，即使有，也更加隐蔽和随意，另一方面意义也在不断衍生，增殖。举两个例子，一个是《红楼梦》，既可以视为一场青年人的爱情悲剧，也同样可以看成对封建社会没落唱出的挽歌。另一个是哈姆雷特，他的形象和行为动机在不同人那里有不同的理解和解释，而且在不同的时代也有不同理解。作品的内容越清晰、越具体，对其意义的限定的范围就越小。人们谈论作品，往往会把简洁作为一种好的品质，这是说作品在能指上做出了简化，而为读者提供了更大的想象空间。如果一部作品，说了很多，但给人带来的内涵（意义）很少，或者是意义过于明显而确定，我们就不能说这部作品是成功的。苏轼词中写"燕子楼空，佳人何在，空锁楼中燕"，是用了一个典故，当年一个叫张建封的刺史为他宠爱的歌妓关盼盼修了座燕子楼，苏轼凭吊发了这样的感慨。有人赞他这几句便写尽张建封事。而据黄升《花庵词选》，秦少游自会稽入京，见东坡，问别做何词，秦举"小楼连苑横空，下窥绣毂雕鞍骤"，坡云："十三个字，只说得一个人骑马楼前过。"这句词在我们看来在描写上也做到了准确简练，苏轼却还嫌包含的意思太少。而宣传品则往往是意义明确，以期达到宣传的目的。艺术作品则在有限的形象中包含更多的意味，是笼罩性的，且在不断弥散开来。罗兰·巴特强调写作的快感（愉悦），他提出尽可能延缓能指达到所指的过程，因为只有过程才更加吸引人。就像讲故事，比如《西游记》，如果省略了中间过程，就是孙猴子在唐僧的感召下，保他取来了真经，但这还有意思吗？当我们明知道结果却还要去读，难道不正是要看作者笔下的人物如何去克服困难（同样这也是作者在克服困难。写作的要义就是作者为自己设置难度然后克服之），难道不是要从曲折的过程中吸取快感吗？再回到抽象艺术，由于画面采用的不再是我们熟悉的一切，不再是人、动物、山川、河流、田野、房屋，乃至桌子、水罐，那些熟悉的、给定意义的形象被去除了，代之的是色彩、线条和符号，有些像一首歌被去掉了歌词，只是弹奏曲子一样。这样就达到了抽象。抽象在我看来可以分为三类。一是对具象的简化或重新处理。如蒙德里安画的海，或毕加索的一些主体派绘画以及米罗的超现实绘画。二是纯抽象，只是保留了色彩和线条，如波洛克的用喷洒的方式作画。第三类是拼贴，即把毫不相关的事物和形象放置在同一平面。抽象的结果是在最大限度上获取内心的自由，不被外物所碍。然而，如果说意义产生或寄寓于形象，那么取消了形象是否意味着取消意义？这样就会使得意义在于作品本身，正像斯坦因强调的，一朵玫瑰就是一朵玫瑰就是一朵玫瑰。也许当我们不再纠结于玫瑰代表什么象征什么这类的问题时，就会专注于去细细体会玫瑰的色香味。回到诗，我们看诗能否做到这一点。诗是词语的组合，每个词语都代表着不同的意义，组织在了一起会衍生更为完整也更加明确的意义。作为最基本的单位，词语显然与色彩和音符不同，本身带有意义，要想达到抽象绘画的效果，就必须打破话语的指涉性。阿什贝利的诗很多人都说看不懂，这是从传统角度来看待诗中所传达出的信息。什么是懂呢？有两种不同的情况。在上诗歌课时，有的同学对我说，他们会被一些诗打动，却无法说出这种感觉。我说这就是懂了。诗的目的就是让你感动，让你沉醉，而不是提供话题让你去夸夸其谈。相反，另一些人读了诗，没有什么感觉，却能分析出诗的主题和手法。这就像把一位活色生香的美女放在解剖台上，我们看到的只是死的机体，而不是气韵生动的活人。人们习惯了意义，往往用追寻意义代替了审美。这样的结果，就是在读一首诗时，找到它的意义就以为读懂了，而往往忽略了意义之外的韵味。阿什贝利的诗每个句子都很清晰、规范，但合在一起就不知道在说些什么。其实清晰不难达到，只要稍加训练，哪怕是一位初学者都能做到，挖掘一点有深意的主题也并不难。阿什贝利这样做显然是不想让人读得懂。他的交往圈子中有很多画家和音乐家，包括一些抽象画家，他显然受到其中的影响。他的诗把不同语境的内容靠内在情绪组织在一起，这些不同的内容恰恰抵销了指涉，造成了一种阻隔，形成了一种凌乱美。在我看来，这种凌乱美是对既有写作秩序的破坏，也对我们渐感麻木的感官是一种激活。

这样做的意义何在？这样问的本身就很有意思。我们凡事都要讲求意义。在这个世界上，是否存在着没有意义的事情？只是我们喜欢从功利角度考虑问题，做一件事总是首先考虑有用没用。从这个角度看，哲学是无用之物，诗是无用之物，甚至理论科学也是如此。在人们看来，有意义才有用，或意义就是功用。但他们却忽略了，一首诗的意义在于它自身，在于它自身词语的组合、碰撞，在于它给人带来的形式上、韵律上或语气上的特殊美感，也在于它的风格、气质和隐匿的情感和情绪带给人的冲击。我们还应看到，取消意义只是取消了表层意义，而把人们的注意力引向了更深的层面。这就如同禅宗的弟子向老师问什么是禅，老师会用简洁的话语对这个问题进行否定，然后把弟子的关注点引向更高层面的问题。再举个例子，抽象画也通过摒弃具象事物来去除意义，你总不能说抽象画不是艺术或没有价值吧（当然也不乏这样的傻瓜）。

再进一步说，以往在一首诗中，基本上是由作者给定意义，然后由读者被动接受。而所谓取消意义，是取消了表层上的由作者给定的意义。这样就给了读者更大的自由空间，聪明的读者会根据诗中词语和情绪的指向重新组合出意义。这是一种在更高层面上由读者自行组合出的意义，每个人可以带入自身的经验和体会。因此确切说，所谓取消意义只是追求一种更大的不确定性。这样做的好处是一别两宽，既给作者以更大的自由，来发挥自己的想象，也给了读者更大的空间想象和创造。

碎 片

古典诗讲求完整，完整和完美只有一字之差。而到了后现代，则强调碎片化。这是由对于世界的不同认识而导致的。从个人的经验讲，我们对事物的认识都是零散的、片断的。古典主义依靠理性和逻辑把这些片断连缀起来，而后现代则更加强调碎片自身的意义。

这里要涉及一个叙述学方面的概念，叫全知视角。全知视角是故事的讲述者站在上帝的角度，既知己，又知彼，几乎无所不知。还有一个对立的写法，叫限知视角，就是故事的叙述者只能看到自己能够看到的，只能知道自己能够知道的。比如从阿Q的角度叙述，我们只能知道阿Q内心的想法，却不会知道吴妈在想些什么。哪种方式更好些？不好说，但后者更加接近真实。而且在写作中，限定会产生难度，好的作品总是要有些难度的。

碎片化我想也是遵循了个人视角和限定，更加注重内在的真实。从主观上，我们对世界的认知从来都是局部的、片面的。另一方面，在一个早已进入了多元的社会，没有了中心，事物看上去在分崩离析。就像叶芝在《第二次降临》那首诗中所说：

> 一切都四散了，再也保不住中心；
> 世界上到处弥漫着一片混乱。

当然叶芝只是这样认识，却没有付诸写作。艾略特的《荒原》中倒是有些碎片化的特征。这也许正是这部作品的成功之处。但这也许是庞德删削后的效果，也许是他在写作中无意贴合了后现代的碎片理论。但艾略特的碎片有着神话的框架，使作品有了一个稳定牢固的结构。而阿什贝利的碎片是由不同意群和生活场景构成，但却用关联词语将其加固在一个形式框架上，而在另一些后现代作家那里，他们的碎片取消了关联词，只是靠标题提供的语境让读者自己在碎片间建立起联系。

这种碎片化也许向我们暗示生活或人们的意识就是这样。支离破碎，光怪陆离。但进入文本，则另有意蕴。每个碎片都指向某个完整的事物，它们或相近，或相悖。它们互相碰撞，冲突，组合，相斥，往往会产生很奇特的效果。或者说，这也是对外部世界或内在经验的暗喻。

向京作品
《有限的上升 You Can Only Rise So High》之三
玻璃钢着色 Fiberglass, painted
252cm×86cm×55cm
2013-2016

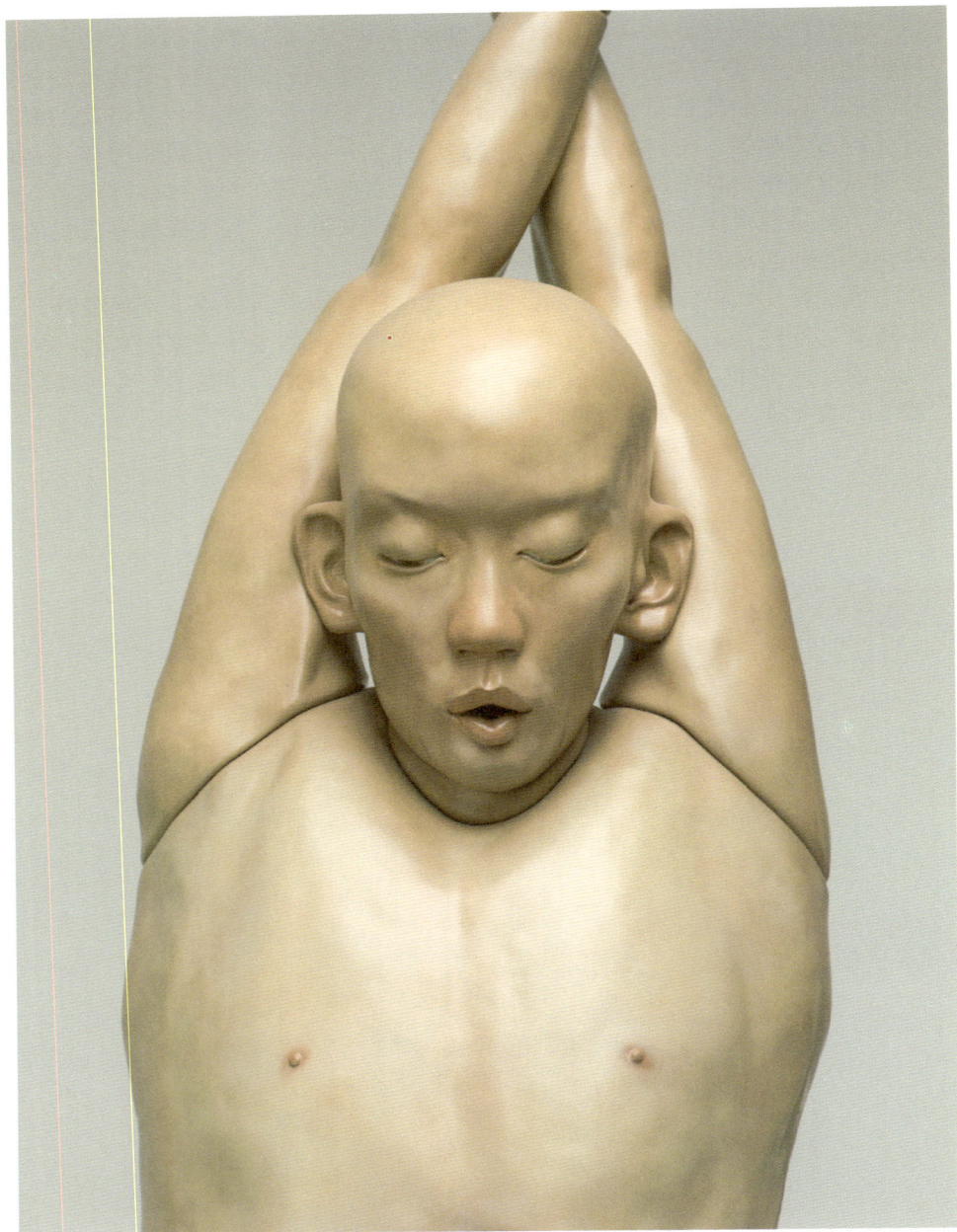

诗建设

Manuel Alegre

1936-

Portuguese

poet
writer
politician

曼努埃尔·阿雷格雷 (Manuel Alegre，1936-)

葡萄牙当代著名诗人、作家、政治家。生于葡萄牙阿格达，1961年在亚速尔群岛服兵役，一年后被派往安哥拉参加殖民战争。1963年因反对萨拉查独裁统治被捕并监禁六个月，他第一本诗集主要是在安哥拉首都罗安达写就。1964年他被迫离开祖国，流亡阿尔及尔亚长达十年之久。1974年葡萄牙发生推翻独裁统治的"康乃馨革命"后，他返回葡萄牙，加入了社会党，在政治舞台崭露头角。他长年代表社会党担任国会议员，2005年曾以独立候选人身份竞选葡萄牙总统，拥护者甚众，可惜屈居第二位。

他曾说："我的诗歌与我的生命押韵。"他在漫长的写作生涯中写下大量反对殖民战争和萨拉查独裁专制的诗作，其作品曾被禁止发表，许多作品因广为传唱得以流传，其中代表作《风之吟》由著名"法多"歌唱家阿玛丽亚演唱后而家喻户晓。他的后期诗作则侧重对生命与时间的思考和吟唱。他几乎获得过葡萄牙所有重要的文学奖，如葡萄牙作家协会诗歌奖（1998年）、佩索阿文学奖（1999年）等，2017年荣获葡语国家最高的文学奖——卡蒙斯文学奖。

这里的诗歌译自他的诗集《歌之广场》（1965）、《歌声与武器》（1967）、《诗集》（2000）、《失散的葡语书》（2001）、《十二艘船》（2007）

我的诗歌与我的生命押韵
——葡萄牙诗人曼努埃尔·阿雷格雷诗选二十首

朗思达、姚风 译

手

手创造和平，也挑起战争。
手造就一切，也毁灭一切。
手写下诗歌——它属于土地。
手能打仗——它本是和平。

手撕开大海，也耕种农田
盖起房子的不是石头，而是
双手。手在果实里，也在词语里
手是歌唱，也是武器。

手像长矛一样刺进时间
改变了你所看到的事物
迎风而飞舞的簇叶：绿色的竖琴。

每朵花、每座城、皆出自双手。
它们是无人能敌的宝剑：
自由从你的双手开始。

——摘自《歌声与武器》，里斯本：堂吉诃德出版社，1967年。

至简之歌

谁能驯服风的马群
谁能驯服
表层之下
思想的狂奔？

钟声诉说着压抑在内心的愤怒
祖国一触即发的
愤怒
谁能噤闭这悲伤的钟声？

雨一滴滴在玻璃窗上写下
寡居的祖国
所遭受的痛苦
谁能禁止雨的书写？

我矛尖般的手指，在歌唱中
把轻风变为所需的武器，所需的竖琴
谁又能将它们束缚？

——摘自《歌声与武器》，里斯本：堂吉诃德出版社，1967。

风 之 吟

我向吹来的风
打听祖国的消息
风扼住不幸的喉咙
什么也没有告诉我。

我问流过的江河
多少梦随水漂流
为何不能给我慰藉
流水带走了梦，留下苦痛。

带走了梦，留下苦痛
唉，葡萄牙的江河！
我的祖国随波漂流
漂往何方？却没有人告诉我。

风啊，如果你摘掉绿色的三叶草
去打听祖国的消息
就请你告诉幸运的四叶草[1]
我甘愿为祖国去死。

我问走过的人
为何低头前行
身为人奴
沉默——便是他们的所有。

我看见绿色的枝条绽放花朵
笔直地朝向天空生长
而跪在主子前的人
我只看见他们弯下的腰。

风什么也没有告诉我
也没有人给我捎来任何消息
人民伸开十字架的双臂

---

① 葡萄牙民间把三叶草和四叶草视为幸运和希望的象征。

祖国被钉在了上面。

我看见祖国滞留在
河岸，无法汇入大海
本是热爱海上航行
却注定要留在岸边。

我看见航船离港
（祖国随波漂流）
我看见祖国绽放
（绿的叶子，新的伤口）。

有人要把你忽视
又假借你的名义空谈
我看见你受尽折磨
被饥饿的黑手紧锁。

风什么也没有告诉我
只有沉默在蔓延
我看见祖国滞留在
悲伤之河的岸边。

如果我依然打听祖国的消息
人们还是什么也不会告诉我
在人民空空的手中
我曾看见祖国如花绽放。

黑夜
在同胞的心中生长
我向风打听祖国的消息
风什么也没有告诉我。

但总有一盏油灯
会在痛苦中被捻亮
总有人在吹过的风中
播种歌唱。

即使黑夜再悲伤
被奴役的时代里
总会有人去反抗
总会有人说：不！

——摘自《歌之广场》，1965年

在千年古树的绿荫下

许多年都过去了，没有过去的是
那不可重复的唯一时刻
身体里的碎片发出的细若游丝之声
撞击金属发出的刺耳回音
火药、血液与泥土混杂的气味
葡萄牙最后一次旅程所弥漫的死亡气息
这些都没有过去。

在千年古树的绿荫下，我听见鼓声阵阵
听见狮子吼叫，子弹嗖嗖飞过
我听见灌木喧哗，矿山沉默
听见吉普车在林间小道行驶
一辆没有方向的吉普车
进行着葡萄牙最后的旅程。

我看见树林燃烧的强光，我闻到恐惧的气息

听见毒蛇嘶嘶的声音，看见美洲豹一闪而过
看见夜晚安哥拉野牛有如城市的灯火[①]
看见伤口在股骨的空洞中无法愈合
这一切都发生在黑暗树林里一个无名之地
发生在葡萄牙最后的旅程之中。

时间高傲而又脆弱
在死亡的边缘紧张地活着
夏天的爱情，战时的爱情，失去的爱情
一处内伤，如水晶叮叮作响
许多年已经过去了，人性未改
我结束了葡萄牙最后的旅程。

——摘自《十二艘船》，里斯本：堂吉诃德出版社，2007年。

在里斯本之丘

如同我有好几个生命和"我"
如同我的灵魂与肉身都已改变
在里斯本之丘，我说一声再见
有一个上帝，我不解其意的书页
无法把他容纳
而他却在我耳际回响
如同一个缺席、一个距离或者
想知道我是谁的好奇，是哪个"我"
在俯视特茹河的里斯本之丘，凝视着其他的"我"。

在里斯本之丘，我梳理思绪

———————————

① 牛的眼睛在夜晚会发光。

越想厘清，越是迷失
在里斯本之丘，我眺望着河流
时间流逝，我渴求得到一句诗
渴求看到激情澎湃的历史，渴求体验无束无拘的生活
爱才会让人拥有(我也曾拥有过)
但也存在着对立面。
在里斯本之丘，我这样写道。

在里斯本之丘，夜幕降临
特茹河是我视线的起点
一条船驶来，另一条离开
我是如此，生活亦然
人拥有万物，不过都是流逝的时间
我自己，既是那个留下的人也是那个要离开的人
怀着愁苦、遗憾和离情别意
从里斯本之丘眺望着特茹河。

几乎人人结婚生子，只有少数不会
他们会在失眠中慢慢死去
昨天，尚未过去的一个世纪前
在流逝的河上，我们为锡安歌唱
也为身在巴比伦的我们歌唱。
有些战争永不终结: 这是我们痛苦的根源。
在里斯本之丘，我还看见
不再扬帆的船,已是特茹河本身。

风景依旧，却又不同
眼睛可以原谅，时间却不肯宽恕。
爱情决定你的所见
生活是海市蜃楼，虽然
无法调转航向令人痛苦。

回首，我已看不到"我"
缺席里斯本之丘的正是我
没有人能两次踏入同一条特茹河。

这并非想或不想的问题
没有人能在同一时刻拥有两次永恒
断断续续，回忆开始吟唱
流逝的忘川
什么都没有留下，只有一个手势，一个足迹，一个轻吻
回忆是蒙太奇，其余的皆随风而去
没有人能回到同一条特茹河
在里斯本之丘，我不知道我是谁。

过去与现在共轭
我们经历的时光都已消逝
没有人能找回已迈出的脚步
而在世间兜兜转转中的我曾是多少个"我"
没有哪一个"我"可以说
没有哪一段支离破碎不回响着我
因此，从里斯本之丘向特茹河眺望
我问我是谁。

2003.2

——摘自《十二艘船》，里斯本：堂吉诃德出版社，2007年。

西风短歌

西风，他必定会来
他必定会来，必将带走
你写下的空洞之词

他必将携预言而来
还有那播放冬天之音的留声机
西风，他必定会来，必将抹去
这貌似永恒的夏天。

他踏着慢板节奏而来
他的乐队，从甲板沉入海底
他必定会来，必将抹去
字迹、誓言，还有世间的虚幻。

每一句诗里都有一艘沉船
我不知哪一首诗不是大海。

2003.8.30

——摘自《十二艘船》，里斯本：堂吉诃德出版社，2007年。

风 的 颜 色

手乌云四合
蓝变成灰
海自己也变为
风的颜色

2004.4.11

——摘自《十二艘船》，里斯本：堂吉诃德出版社，2007年。

花 园

这是玫瑰、绣球盛开的时节

有人为我采撷。

傍晚时分，在我的家乡阿格达
那些离家的人，在花园里散步。

2006.3.20
——摘自《十二艘船》，里斯本：堂吉诃德出版社，2007年。

旅 行

曾不知南北何方，
也不知眼前西东。
在书页中迷失
只听见笔尖划过白纸
字里行间潮涨潮落
一度迷失，却又
被难以预料的词语之风引领。
迷失，只知道身在
书页之中
被陌生的水流
裹挟。

如果说，一切不过是一次旅行
那么这也是旅行，但也不是。

有人会告诉我，
这是想象的旅行。
海浪打在脸上，
我没有知觉。只有一句诗
曾谈及太多的远航。

词，一个接一个。
风，一阵阵吹过。
为什么要旅行？
有人回答我：为了旅行而旅行。

2003.10.29

——摘自《十二艘船》，里斯本：堂吉诃德出版社，2007年。

南邦贡戈，我的爱

在南邦贡戈[1]，你什么都没有看见
在漫漫长日，你什么都没有看见
砍下的头颅
炸飞的花朵
你什么都没有看见，在南邦贡戈。

谈起广岛时，你说从未见过
每个人身上都有一个不死的死人
是，我们都听过广岛的悲歌
可是你听，在南邦贡戈
每个人身上都有一条不流的河。

在南邦贡戈，时间被塞进一分钟里
在南邦贡戈，人们记住，人们忘记
在南邦贡戈，我因目睹死亡而赤身裸体。
你不知道，但我告诉你：很痛苦。
在南邦贡戈，有些人在腐烂。

---

① 南邦贡戈，安哥拉西北部城市，由本哥省管辖。

在南邦贡戈，人们以为再也回不了家
每封信都是诀别，每封信都是死讯
每封信都是沉默，都是反抗
在里斯本也一样，生命就这样流逝
在南邦贡戈，人们以为再也回不了家。

你和我谈起广岛
却不知道这段漫漫长日
恰恰属于我们的时代，唉，在南邦贡戈的时日里
"生命"与"死亡"押上了韵脚。

——摘自《诗集》，里斯本：堂吉诃德出版社，2000年。

里斯本谣曲

你在每个街角离去
我在每个街角看见你
是这座城市把你的名字
写在了码头
在这座城市我描画你的肖像
用太阳和特茹河

三桅帆带走了你
三桅帆丢失了你
在你缺席的早晨你抵达此地

你离我那么近，又那么远
你属于今天的昨日。

这是你存在的城市

就像一个不归人
寄托于我内心如此之深
以至于从未有谁可以替代
每日你都在归来
每日你都在离去

你在每条街逃离我
我在每条街都看见你
自旅行归来
你太阳和特茹河的脸庞
写满了病患
这是你居留的城市，
仿若一个过客。

有时我问，是否……
有时我问，是谁……
这是你存在的城市
你和一个从未抵达的人生活在一起
你离我那么远，又那么近
但从未有谁把你替代

——摘自《诗集》，里斯本：堂吉诃德出版社，2000年。

为一曲国歌作词

只要喉咙没有打就可以发声。
只要没有禁止就可以去爱。
只要不是逃离就可以奔跑。
如果你想歌唱，就不要害怕：唱吧！

可以前行而不用低头。
可以生存而不用匍匐。
你长有双眼是为了仰视星空。
如果你想说不，那就和我一起高喊：不！

可以换一种方式生活。
可以将双手变成武器。
可以爱，可以有面包。
可以挺着胸膛去生活。

不要让自己枯萎，不要屈从驯服。
可以生活而无需假装活着。
可以做一个人：男人或者女人；
可以自由自由自由地生活！

——摘自《诗集》，里斯本：堂吉诃德出版社，2000年。

青松开出的花

我本可以这样叫你，我的祖国
给你葡萄牙语里最美的名字
我可以给你以女王之名
爱你一如佩德罗爱茵内斯[1]。

---

① 葡萄牙国王阿丰索四世安排继承人佩德罗迎娶卡斯蒂亚的康斯坦丝公主，佩德罗却对陪嫁侍女茵内斯一见钟情，在康斯坦丝公主过世后，不顾父亲反对秘密娶其为妻。出于政治担忧，阿丰索四世于1355年命人将茵内斯暗杀于科英布拉。佩德罗继位后，找出杀害茵内斯的凶手并挖心处死，将爱妻遗体迁往阿尔科巴萨修道院，以王后身份重新下葬。佩德罗终身未再娶。

可是没有形式和诗句来盛放这团爱火，
也没有河床来容纳这条河流。
一颗跳出胸口的心，该怎么形容？
我的爱满溢而出，而我却没有船。

爱你是一首我说不出来的诗。
是无法用杯盏盛放的美酒；
没有六弦琴，也没有友情之歌；
没有花，没有青松开出的花。

没有船，没有麦子，没有苜蓿；
没有词语能唱出这支歌。
爱你是一首我不会写的诗。
有一条河没有河床，一如我没有心脏。

——摘自《诗集》，里斯本：堂吉诃德出版社，2000年。

终 页

我要放下这本书了。再见。
我曾住过这无尽的街道。
再见了，我的街区，白色的纸页，
我曾在这里死去，又几次重生。

再见了词语，火车；
再见了，船。而你，我的同胞，
我不向你道别。我与你同行。
再见了我的街区，诗句与风。

我不再重回南邦贡戈，

我的爱人，你在那里什么都没有看见。
再见了，战场上的同志们。
我走了，却带不走你，士兵佩德罗。

你，四月之国的姑娘，
随我而来。请你不要忘记
春天。我们一起把春天
放回四月之国。

书：我的汗我的血
我将你放在祖国之上。
把提琴夹在腋下，
然后翻过这一页。再见。

——摘自《歌之广场》，1965年。

自 由

在这一页我写下
你的名字，我一直把它写在胸膛上，带着它，
你的名字是甜橙，是青涩的柠檬
又苦又甜。

在这一页我写下
你的名字，它由许多名字组成
水、火、木柴与风
春天、祖国与流亡。

在你的名字里我流亡我栖居我歌唱
这个是你：船。

我曾是这艘船的船员
并在你的名字里沉入海底。

在这一页我写下
你的名字：暴风雨
除了这个名字你还是：血
爱与死。是船。

这团火焰在我胸中燃烧
我为它而死，因它而生
这名字是玫瑰，是荆棘
为做自由人，我甘为囚徒。

在这一页我写下
你的名字：自由。

——摘自《歌之广场》，1965年

士兵佩德罗的故事

1
士兵佩德罗要走了
登上我们舰队的一艘船
把他的名字绣在
一只装满空的口袋

走了　可怜的士兵佩德罗

温柔的斑鸠
不会在松针上筑巢

佩德罗他不是水手
大海本不是他的路

白色的海鸥
不会在土地里捕鱼
佩德罗他不属于这条航线
这些船要奔赴战场

佩德罗不再捕鱼
不再将网撒向海面
不再继续耕种大海
士兵挥挥手
向绿油油的田野道别
等不到收获的季节
佩德罗已在海上航行

等不到收获
那绿油油的田野
每一刻都是虚掷
每一刻都是耽搁
佩德罗已在海上航行。

夏天即将过去
九月就这样到来
佩德罗不是渔民
也不是海上采摘葡萄的农夫
士兵不会摘葡萄
在绿色的葡萄园。

走了　可怜的士兵佩德罗
把他的名字绣在

一只装满空的口袋

2
多少像佩德罗这样的士兵
拥有的只是死亡。
就此长眠。画上句号。
名字也同他一起死去。

3
只留下一个口袋，绣着
士兵佩德罗的名字。

——摘自《歌之广场》，1965年。

谁

我不知道如何
在复活之日
从每个音节里复活，
也不知道什么词语是
是否可以将我
从忘川遣返。
不知道在复活之日，是否
有人把我等待。也许
没有人。
在每首诗中我都举起石头
在每首诗中我都问谁在把我等待。

——摘自《失散的葡语书》，2001年。

动 词

那是语言
带着它神秘的音乐
和名词非凡的密度
星星掉进了
副词之中
某些动词涌动着
乡愁。

这是上帝的唾液
和发情期
经血的气味
虚无之河隐藏着
幽深的暗流。

——摘自《失散的葡语书》，2001年。

除了你的身体

除了你的身体，我还要你的羞怯
要你的命运　你的灵魂，想要星辰
要你的快乐，也要你的痛苦
要清晨、黄昏，还有帆船
为的是想让爱比爱更爱。

这是卡蒙斯①说起过的快乐与不幸

---

① 卡蒙斯（约1524-1580），葡萄牙最伟大的诗人，其史诗《葡国魂》是葡萄牙文学最崇高的经典著作，据说其部分章节在澳门写就。

以及我不知道的一些事物
似水一般逃出了指缝，其形可见
每当快乐几乎变成了伤痛。

走进你，如同有人离开你
就这样彼此交付，给予不可给予的
我想迷失于你，又想找到你
像一个身体融入另一个身体。

——摘自《失散的葡语书》，2001年

香港一夜

在大都市的海湾，有一种怅然若失
在摩天大楼的灯火里闪烁，倒映在忧伤的水面
所有的船都拥有你四海为家的面容
你未曾谋面的脸，从你存在或不存在的国家走来。

在香港、旧金山、阿姆斯特丹或者纽约
有一种乡愁、一次转变、一阵轻风
惆怅是你的名字，也许是因为
你几乎就要抵达，却又总在途中。

因在途中，无人能找到你
除非刚好在街的转角无心一瞥
你是大都市的幽灵，你无处可寻却又无处不在
所有的城市都像你，都有一张女人的面容。

所有城市的中心都有一片白色的忧愁
大理石般拖拽之声触碰我

一阵空虚的恐惧，啊，孤独的吻
这个夜晚尝起来有你嘴唇的味道。

我因你而备受折磨：你是我的一部分却想要逃离
你乘船而去，你在摩天大楼上闪烁
你的国家，任何地图都无法容下
你属于世界，你如一声道别存在于我。

灯火在海湾摇曳，我感到焦急
夜晚的露台隐匿着偶然。
我的存在恰恰是你的缺席
而你的位置就是此处再没有别处。

风的长廊上涌过巨大的冲动
冰的尖角笼罩着失眠
都市的心脏在我的脉搏里跳动
所有的流亡都从巴比伦开始。

酷寒，以及遗忘的利刃都已来临
所有的镜子都空无一物
沉默之书中有一个不为人知的神灵
而我坐在河边，打听你的消息。

——摘自《失散的葡语书》，2001年。

图书在版编目（ＣＩＰ）数据

诗建设. 2020 年. 春季号 / 泉子主编. -- 武汉：
长江文艺出版社， 2020.7
ISBN 978-7-5702-1595-9

Ⅰ. ①诗… Ⅱ. ①泉… Ⅲ. ①诗集－中国－当代
Ⅳ. ①I227

中国版本图书馆 CIP 数据核字(2020)第 079081 号

本书所有图片版权均归属向京工作室

主　编：泉　子　　　　　　副主编：江　离　胡　人　飞　廉
责任编辑：王成晨　　　　　　责任校对：毛　娟
装帧设计：杜　娟　　　　　　责任印制：邱　莉　王光兴

出版：　长江出版传媒 ｜ 长江文艺出版社

地址：武汉市雄楚大街 268 号　　　邮编：430070
发行：长江文艺出版社
http://www.cjlap.com
印刷：武汉市籍缘印刷厂

开本：720 毫米×1020 毫米　　　1/16　　　印张：13　　插页：2 页
版次：2020 年 7 月第 1 版　　　　2020 年 7 月第 1 次印刷
行数：6545 行

定价：36.00 元